호
미

호미

박완서 산문집

열림원

자연의 질서를 긍정하고,
거기 순응하는 행복에는 불안감이 없다.
변덕도 자연 질서의 일부일 뿐
원칙을 깨는 법은 없다.

차례

꽃과 나무에게 말 걸기

꽃과 나무에게 말 걸기 11 • 돌이켜보니 자연이 한 일은 다 옳았다 16 • 다 지나간다 23 • 만추 32 • 꽃 출석부 1 36 • 꽃 출석부 2 40 • 시작과 종말 44 • 호미 예찬 48 • 흙길 예찬 52 • 산이여 나무여 56 • 접시꽃 그대 60 • 입시추위 64 • 두 친구 70 • 우리가 서로에게 구인이 된다면 76

그리운 침묵

내 생애에서 가장 긴 8월 81 • 그리운 침묵 87 • 도대체 난 어떤 인간일까 93 • 좋은 일 하기의 어려움 99 • 야무진 꿈 103 • 운수 안 좋은 날 107 • 냉동 고구마 111 • 노망이려니 하고 듣소 115 • 말의 힘 119 • 내가 넘은 38선 123 • 한심한 피서법 127 • 상투 튼 진보 131 • 공중에 붕 뜬 길 135 • 초여름 망필(妄筆) 139 • 딸의 아빠, 아들의 엄마 143 • 멈출 수는 없네 147 • 감개무량 151

그가 나를 돌아보았네

그는 누구인가 157 • 음식 이야기 173 • 내 소설 속의 식민지 시대 188 • 그가 나를 돌아보았네 203

딸에게 보내는 편지

내가 문을 열어주마 211 • 우리 엄마의 초상 217 • 엄마의 마지막 유머 224 • 평범한 기인 229 • 중신아비 236 • 복 많은 사람 239 • 김상옥 선생님을 기리며 243 • 이문구 선생을 보내며 249 • 딸에게 보내는 편지 255

• 작가의 말 262

꽃과

나무에게

말

걸기

한숨 자면서 땅기운 듬뿍 받고 깨어날 때 다시 만나자고,
싹 트면 반갑다고, 꽃 피면 어머머, 예쁘다고
소리 내어 인사한다.

꽃과 나무에게
말 걸기

마당에서 철 따라 피고 지던 일년초 중 맨 나중까지 붉게 피던 백일홍마저 올겨울 첫추위에 얼어 죽고 나니 마당이 너무도 허전하여, 내년엔 일년초 따위 부질없는 것들 심지도 말아야지, 하다가 문득 목련나무를 쳐다보았다. 목련나무는 마당에 꽃이 없긴 왜 없냐고 시위라도 하듯이 가장귀마다 솜털 보송보송한, 내년에 필 꽃망울을 촘촘히 매달고 있었다. 내가 너한테 또 졌다고, 소리 내어 말하고 나서 나는 그만 피식 웃고 말았다. 그 목련나무하고 나하고는 말이 잘 통하는데 그렇게 되기까지는 사연이 좀 있다.

그 나무는 내가 우리 집을 짓기 전부터 그 자리에 서 있었다. 큰 거목이었지만 목련은 성장이 빠르다니까 나이를 그렇게 많이 먹은 건 아닌지도 몰랐다. 아무튼 나는 넓지도 않은 마당에 그렇게 큰 나무는 어울리지 않는다고 생각했고, 집을 야트막하게 지을 작정인데 집보다 높은 나무도 싫었다. 그래서 집 앞에 있는 하천부지나 뒤란 쪽으로 옮겨 심을 궁리도 해보았는데 정원 일을 하는 식물 전문가하고 의논해보니 옮겨 심는 값이 어마어마했다. 많은 돈을 요구하면서도 정원사는 그 일이 별로 탐탁지 않은 듯 새로 사 심는 것보다 돈이 훨씬 더 많이 드는 짓을 뭣 하러 하느냐고 했다. 별로 비싸거나 귀한 나무도 아닌데 손쉽게 베어버리는 게 상책이라는 말투였다. 정원사의 말도 말이지만 내가 원래 목련을 별로 좋아하지 않는 까닭도 있고 해서 베어버리기로 했다. 목련을 좋아하지 않는다면 이상하게 들릴지도 모르지만 꽃이 질 때 산뜻하게 지지 못하고 오래도록 갈색으로 시든 꽃잎을 매달고 있는 게 누추해 보여서 안 좋아하게 되었을 것이다. 나는 간단하게 그럼 베어달라고 부탁했다. 집을 짓고 있는 도중이었기에 어느 날 없어져버렸는지도 모르게 그 나무는 사라졌다. 그리고 곧 목련이 거기 있었다는 것도 잊어버리고 지냈다. 그해 5월에 새 집으로 이사를 했다. 이사하고 마당 정리하면서 보니 나무를 밑둥에서 베지 않고 1미터 정도 남겨놓았다. 말뚝으로 쓸 일도 없는데 왜 남겨놓았을까 싶었지만, 그 자리가 눈에 거슬리지 않는 담 모퉁이여서 신경 쓰지 않았다. 여름이 되니 새로 깐 잔디보다 잡초가 더 무성해져서 그걸 뽑느라고 마당에서 지내는 시간이 많아지자 자연히 목련나무 그루터기에 신경이 쓰이기 시작했다. 그게 그냥 서 있는 게 아니라 그루터기 윗부분에서 푸릇푸릇 새싹이 돋아나고 있기 때문이었다. 나는 그것들을 원치 않는 잡초 취급해 너까지 왜 속을 썩이느냐고 투덜대며 손바닥으로 훑어서 없애버리곤 했다. 그래도 그 그루터기는 죽지 않고 줄기차게 새싹을 토해냈고, 나는 그걸 또 집요하게 훑어낼 때마다 투덜대는 대신 미안하다고 사과를 하게 됐다. 그해 여름내 그 짓을 했다. 그러다가 겨울이 됐으니, 그 나무는 확실하게 죽었으려니 안심을 했다. 그러나 웬걸, 그 이듬해 봄 좀 오래 여행을 하고 돌아와보니 그 나무 그루터기는 사방으로 이파리가 아닌 가장귀를 뻗고 있었다. 가장귀는 믿을 수 없을 정도로 빠르게 자라며 잎도 무성해졌기 때문에 키는 작지만 동그랗고 건강한 나무의 모양을 갖추어갔다. 그해 그 나무는 살아나려고 온 힘을 다하느라 그랬는지 꽃은 피지 않았다. 나는 그 나무의 왕성한 생명력에 질린 나머지 미안하다는 말 대신 내가 너한테 졌다고 무조건 항복을 하고 말았다. 그 후 목련나무는 나의 가장 친한 말동무가 되었다. 가장귀가 너무 촘촘하게 나서 톱으로 솎아주게 될 때에도 아플까봐 미리 양해를 구하는 말을 했고, 전지를 끝낸 후에는 거 봐라 얼마나 시원하냐고 생색을 내기도 했다. 전지를 해주었는데도 이파리들이 어찌나 극성맞게 빈틈없이 밀생(密生)을 하는지 한여름에 그 나무를 보고 있으면 앙리 루소가 그린 식물처럼 비현실적으로 보이곤 했다. 무성한 나무는 대개 이파리 하나하나의 모양은 도렷하지 않은 법인데 이 나무는 마치 이파리 하나하나가 나를 향해 시위라도 하듯이 형체가 또렷하고 두터운 질감으로 번들댔다. 그래서 더욱 루소의 그림에서처럼 그 사이에서 괴물이 튀어나올 것처럼 괴기하게 보이기도 했다. 아마 한때 그 나무를 해코지했다는 나의 자격지심 때문이었을 것이다. 그러나 잎만 그렇게 무성할 뿐, 이듬해 봄에도 꽃은 피지 않아 나를 안타깝게 했고, 나는 또 나무에게 말을 걸게 됐다. 미안하다고, 너를 죽이려 한 것도, 너의 꽃을 싫어한 것도 사과할 테니 내년에는 꽃 좀 피우라고 자꾸자꾸 말을 시켰다. 그랬더니 그 이듬해는 시원치는 않지만 꽃이 몇 송이 피었고, 지난봄에는 더 많은 꽃이 피었다. 아마 오는 봄에는 더 장하게 꽃을 피울 모양이다. 벌써부터 여봐란듯이 자랑스럽게 준비하고 있는 솜털 보송보송한 수많은 꽃봉오리들을 보니. 그래서 나는 요새도 나의 목련나무에게 말을 건다. 나를 용서해줘서 고맙고, 이 엄동설한에 찬란한 봄을 꿈꾸게 해줘서 고맙다고.

목련이 고마운 까닭은 그 밖에도 또 있다. 목련나무 때문에 나는 꽃이나 흙에게 말을 시키는 버릇이 생겼다. 일년초 씨를 뿌릴 때도 흙을 정성스럽게 토닥거려주면서 말을 건다. 한숨 자면서 땅기운 듬뿍 받고 깨어날 때 다시 만나자고, 싹 트면 반갑다고, 꽃 피면 어머머, 예쁘다고 소리 내어 인사한다. 꽃이 한창 많이 필 때는 이 꽃 저 꽃 어느 꽃도 섭섭지 않게 말을 거느라, 또 손님이 오면 요 예쁜 짓 좀 보라고 자랑시키느라 말 없는 식물 앞에서 나는 수다쟁이가 된다. 일년초들은 목련나무처럼 오래 삐치지 않고 내 말을 잘 듣는다. 왜 안 피냐고 독촉하면 곧 피고, 비 맞고 쓰러져 있을 때 흙을 돋워 일으켜 세우면서 바로 서 있으라고 야단치면 다시는 넘어지지 않는다. 내 마당의 꽃들이 내 말을 잘 듣는다고 해서 노랗게 피는 꽃한테 빨갛게 피라거나, 분꽃처럼 저녁 한때만 피는 꽃한테 온종일 피어 있으라는 무리한 주문은 안 한다. 무리한 요구를 안 하는 게 아마 꽃이 내 말을 잘 듣도록 길들이는 비법인지도 모르겠다. 아니지, 꽃과 나무들을 내가 길들였다고 생각하는 걸 알면 그것들이 아마 코웃음을 치거나 화를 낼지도 모른다. 그것들이 나를 길들였다고 정정해야겠다.

돌이켜보니
자연이 한 일은 다 옳았다

요새도 새벽에 눈만 뜨면 마당으로 나가게 된다. 봄에는 이불 속의 등 따순 맛에 벌떡 일어나기가 귀찮다가도 식물들의 웅성거림이 들리는 듯한 느낌 때문에 이부자리를 박찼던 것 같다. 밖에 나가 나날이 부드러워지는 공기와 흙의 감촉을 즐기며 마당을 어슬렁거리노라면 땅속에서 아직 움트기 전의 식물들이 부산하게 웅성대고 있다는 게 느껴진다. 그런 느낌은 고막에 와 닿는 음향은 아니지만 마음을 두드리기도 하고 무슨 영감처럼 소리 없이 사람을 깜짝 놀라게도 한다.

이른 봄 어느 날은 내 마음에만 들리는 밖의 그런 소란스러움 때문에 마당에 나가니 과연 대기 중엔 봄기운이 완연했지만, 봄 가뭄이 계속되고 잔설마저 사라지고 난 땅은 아직 양회 바닥처럼 딱딱하게 굳어 있었다. 그 안에서 겨울을 난 풀씨와 뿌리들을 움트게 하려면 지표를 부드럽게 호미질이라도 해줘야 할 것 같았다. 그런 생각으로 마당을 거닐다가 문득 양지쪽 꽃밭의 맨땅이 1센티 가까이나 금이 가 있는 게 눈에 띄었다. 중장비차가 부실한 아스팔트길을 지나가면서 남긴 균열을 연상시키는 금이었다. 갈라진 틈 사이로 파란 이파리가 보였다. 작년에 상사초가 있던 자리이니 아마 상사초 이파리일 것이다. 저 연한 이파리가 이 딱딱한 땅에 아기 손가락도 들락거릴 수 있을 만한 균열을 일으키다니, 어찌 소리 없이 그 일이 일어났겠는가.

그렇게 씩씩하게 올라와 시퍼렇게 너울대던 상사초가 지금은 자취도 없다. 죽은 게 아니라 상사초는 이파리가 시들어 자취도 없이 사라지고 나서도 한참이나 있다가 꽃대가 올라와 홀로 청승맞게 핀다. 그게 상사초의 피할 수 없는 운명이다. 상사초처럼 땅에 균열을 일으키며 솟아오르는 식물이 또 하나 있는데 그건 복수초다. 복수초는 이파리보다 앞서 꽃이 먼저 피는데 꽃판이 민들레보다 큰 노란 꽃봉오리가 직접 땅을 뚫으려면 상사초 이파리 못지않은 균열을 일으켜야 한다. 상사초와 복수초가 올라오고 나면 마당은 한층 소란스러워진다. 나무들이 물을 길어 올리는 소리, 흙 속의 무수한 씨들이 서로 먼저 나가려고 부산을 떠는 소리가 날로 도타워지는 햇살 속에 파문을 일으키고 지표에 아지랑이를 만든다. 봄기운의 유혹을 못 이긴 산새들에게도 그때부터 짝짓기 철이 시작된다. 산새들은 제 나름의 온갖 미성으로 지저귀기 시작한다. 새벽잠을 깨우던 소리 없는 소요가 비로소 귀를 즐겁게 하는 음악으로 바뀐다. 그때부터 내 일손도 바빠진다.

아파트에 살 때 땅 집에 살면 무엇무엇을 해보고 싶다고 꿈꾸던 것을 다 해보았다. 그러나 채마밭은 1년만 하고 그만두었다. 약을 안 치니까 벌레만 꼬이고 잘 안 자라는 것도 문제였지만 하루에도 몇 번씩 지나가는 채소장수가 온갖 과일과 채소 이름을 외치는 소리를 들으면 사주고 싶은 것도 문제였다. 무공해 채소도 좋지만, 농사 이외의 것으로 돈을 버는 사람은 전문 농사꾼이 지은 걸 사주는 게 도리일 듯싶었다. 채마밭이 슬그머니 잔디가 되고, 꽃밭이 넓어졌다고 해도 손이 덜 가게 된 것은 아니다. 내가 맨땅을 가만두지 못하고 꼭 뭐든지 심고 싶어 하는 것처럼, 맨땅도 기온만 적당해지고 나면 한시도 맨땅으로 있으려 들지 않는다. 예서제서 푸르름을 내뿜는다. 푸른 것이 올라온다고 해서 다 상사초나 복수초처럼 반갑기만 한 것은 아니다. 잔디밭에서도 잔디보다 먼저 시퍼렇게 웃자라는 것들은 내가 원치 않는 클로버나 잡풀들이고, 꽃밭으로 남겨놓은 맨땅에서도 온갖 잡풀들이 아무리 김을 매줘도 걷잡을 수 없이 퍼진다. 하룻밤 새에 어쩌면 그렇게 많이 퍼지는지, 그 넓지 않은 마당이 매일매일 나에게 만만치 않은 육체노동을 시킨다. 그러나 우리 마당 아니면 누가 나를 새벽부터 불러내어 육체노동을 시키겠는가. 나무 그늘이나 꽃밭으로 남겨놓은 맨땅에서는 잡풀만 나는 게 아니다. 쑥, 씀바귀, 돌나물, 부추도 지천으로 난다. 저녁 반찬을 위해, 김치를 담그기 위해, 이슬 젖은 그런 것들을 소쿠리에 소복이 따 담는 맛을 무엇에 비길까. 우리 마당에서 난 거라고 그런 것들을 딸네나, 이웃하고 나누기도 한다. 우리 마당에서 지천으로 나는 돌나물을 건강식품이라고 반색하는 사람도 있다.

먹는 식물이라고 해서 마냥 자라게 할 수도 없다. 나는 우리 마당이 이랬으면 하는 꿈이 있다. 가꾼 티 없이 자연스러우면서도 한겨울 빼고는 사철 꽃이 피어 보기에도 좋고, 마음에도 위안이 되길 바란다. 남들한테 마당이 예쁘다는 칭찬도 듣고 싶다. 농사짓는 사람이 잘된 논밭을 보고 흐뭇해하는 건, 단지 풍족한 수확의 예감 때문만이 아니라 건강한 농작물이 주는 미적 만족감도 있을 것이다. 우리 마당에 대한 그런 조급한 기대 때문에 이른 봄부터 이미 온실에서 개화한 수입 봄 화초를 내놓고 파는 꽃가게를 그냥 지나치지 못한다. 한 판, 두 판 사다가 여기저기 배치하고 땅속에서 겨울을 난 구근들도 보살 피고, 여름에 필 일년초의 씨도 뿌린다. 그러는 사이에 목련과 매화, 살구꽃, 앵두꽃, 자두꽃이 거의 같은 시기에 피고, 조팝나무 라일락이 그다음을 잇는다. 그것들이 한꺼번에 피었을 때 나는 나의 작은 집과 함께 붕 공중으로 떠오를 것 같은 황홀감을 맛본다. 나는 그 나무들이 꽃을 피우기 위해 견딘 모진 추위와 눈보라의 세월을 알기 때문에 오래오래 펴 있기를 바라지만 봄꽃의 만개기는 일주일을 넘기지 못한다. 하필이면 무슨 심통인지 비바람이 불어, 그 꽃들을 무자비하게 떨군다. 딱딱한 꽃봉오리들이 벌어지지 않을 수 없도록 끈기 있게 어루만지던 따순 햇살과 부드러운 미풍을 보낸 것과 똑같은 자연의 힘이라고는 믿어지지 않게 조급하고 폭력적이다. 그러나 낙화한 자리에 어김없이 열매가 맺혀 있는 걸 보면 바람은 벌, 나비가 일일이 다 하기엔 역부족인 가루받이를 도와줬다는 걸 알 수 있다. 그러고도 한두 차례 봄추위와 강풍이 지나고 나면 달렸던 열매들이 대폭 솎아져 실하게 자랄 것들만 남는다.

지금은 한여름이다. 그렇게 자연의 자애와 폭력을 견디고 난 열매들이 익어가고 있다. 매실은 이삼 일 안에 따서 엑기스를 만들어야 할 것 같고, 청청한 이파리들 사이에서 아름다운 빛깔로 익어가는 살구와 자두도 지금 한창 과육 사이에 단물을 저장하고 있을 것이다. 살구나무는 내가 따기에는 너무 키가 크다는 걸 아는지 잘 익은 순서대로 매일 아침 한 바가지씩이나 그 예쁜 열매를 떨굴 것이다. 자두는 키가 크지 않으니까 내가 눈으로 봐서 잘 익은 걸 따 먹을 수 있지만 까닥하다간 벌레들한테 먼저 먹히는 수가 있다. 그러나 내 눈썰미는 벌레한테 미치지 못한다. 내 경험으로는 벌레가 살짝 갉아먹기 시작한 걸 따 먹는 게 가장 당도 높은 자두를 따 먹을 수 있는 비결이다. 이렇게 나무에 매달린 것들을 수확하기도 바쁘지만, 땅힘이 가장 왕성할 때이기 때문에 땅이 내뿜는 것들을 건사하기도 요새가 제일 바쁘다. 잔디도 아주 잘 자라기 때문에 깎아줘야 하지만 그사이에 잡풀도 매일매일 제거해줘야 하고 봄에 씨 뿌린 봉숭아, 백일홍, 과꽃, 나팔꽃도 모종하기 알맞은 크기로 자랐으니 제자리를 잡아줘야 한다. 마침 이른 봄에 사다 심은 온실 꽃들이 시들어가니 그것들을 뽑아버리고 그 자리에 심으면 될 것이다. 꽃밭의 이모작인 셈이다. 그러노라면 매일 아침 흙을 주물러야 한다. 이슬에 젖은 풋풋한 풀과 흙 냄새를 맡으며 흙을 주무르고 있으면 무엇과도 바꿀 수 없는 행복과 평화를 맛보게 된다. 이 나이까지 살아오면서 행복했던 순간들도 남들 못지않게 많았고, 심장이 터질 듯이 격렬하게 행복했던 순간들은 지금도 가끔 곱씹으면서 지루해지려는 삶을 추스를 수 있는 활력소로 삼기도 한다. 그러나 그런 크고 작은 행복감의 공통점은 꼭 아름다운 유리그릇처럼 언제 깨질지 모른다는 불안감이 섞여 있다는 것이다.

자연의 질서를 긍정하고, 거기 순응하는 행복감에는 그런 불안감이 없다. 아무리 4월에 눈보라가 쳐도 봄이 안 올 거라고 불안해할 필요는 없다. 변덕도 자연 질서의 일부일 뿐 원칙을 깨는 법은 없다. 우리가 죽는 날까지 배우는 마음을 놓지 말아야 할 것은, 사물과 인간의 일을 자연 질서대로 지킬 수 있는 방법에 대해서가 아닐까. 익은 과일이 떨어지듯이 혹은 누군가가 거두듯이 그렇게 자연스럽게 죽고 싶다.

다
지나간다

어느 날부터인가 현관 처마 밑에 생긴 까만 반점이 눈에 거슬리기 시작했다. 현관 처마는 거의 2층 높이이어서 의자를 놓고 올라가봐도 그 정체를 확인할 수 없었다. 흰 회칠이 그만큼 벗겨졌다고 생각하면 그만인데 회칠 밑이 그렇게 까말 것 같지가 않았다. 그래서 그렇게 신경이 쓰였나보다. 신경 쓰고 보니까 처음엔 1원짜리만 하던 점이 며칠 만에 5백 원짜리보다도 더 커지면서 도톰하게 부피를 더하고 있다는 것까지 눈에 들어왔다. 더 자주자주 쳐다본 끝에 그리로 말벌이 모여든다는 것을 알게 되었다. 실은 말벌이 어떻게 생겼는지 정확하게 알고 있는 것도 아니다. 말벌은 가끔 신문에도 나는 벌이다. 등산하다가 말벌에 쏘여 죽은 사람도 있다는 걸 알고 있기 때문에 보통 벌보다 크고 밉게 생긴 벌을 말벌이라고 단정하게 되었고, 그러고 나니 겁이 더럭 났다. 딴 데도 아니고 현관 처마 밑에 그 위험하고 흉측한 것들이 모여들어 무슨 모의를 하는 것일까. 우리 집에 거기에 닿을 만한 긴 막대기는 없었다. 그렇지만 인간의 꾀가 얼마나 간악한데 제까짓 말벌 하나 해코지 못 하겠는가. 나는 마당에 물 줄 때 쓰는, 샤워 꼭지가 달린 긴 호스 끝으로 그곳을 겨냥하고 물을 틀었다. 샤워를 직수로 고쳐놓은 물줄기는 곧장 힘차게 솟으면서 말벌이 모여드는 곳을 공격했다. 이윽고 벽을 타고 흘러내리는 물줄기와 함께 수많은 어린 말벌들이 떠내려오기 시작했다. 세상에, 세상에 어떻게 그 많은 애벌레가 그 안에서 자라고 있었을까. 그건 어쩌면 애벌레가 아닐 수도 있었다. 모기만 한 크기에 날개가 나 있는 듯도 싶었다. 그러나 그것들은 인간의 수공(水攻)을 이기기엔 아직 무력했다. 폭포수에 휩쓸려 날갯짓 한 번 못 하고 허무하게 떠내려갔다. 어미 말벌들은 저희들끼리만 어디로 도망쳤는지 보이지 않았다. 애벌레들이 더는 떠내려오지 않게 된 후에도 나는 벌집을 겨냥한 수공을 멈추지 않았다. 이왕 시작한 김에 벌집을 아주 제거해야 후환이 없을 것 같았다. 집요한 수공을 이기지 못하고 드디어 벌집이 처마 밑 천장에서 분리됐다. 그러나 땅으로 떨어진 건 아니었다. 외가닥 전화선만 한 굵기의 선으로 천장과 연결되어 대롱대롱 매달려 있었다. 나는 그 2센티 정도 되는 연결고리를 겨냥하고 계속해서 강한 물줄기를 뿜어 올리면서 정수리가 화끈거릴 정도의 적의를 느꼈다. 말벌, 그 하찮은 것들이 만든 줄이 그렇게 질길 줄이야. 그 줄 하나로 진저리가 쳐지게 악착같이 천장에 매달려 있었다. 나의 '너 죽고 나 죽자'식의 무분별한 적의는 공포감일 수도 있었다. 결국은 내가 이겼다. 마침내 벌집이 천장으로부터 분리되어 내 발밑으로 떨어졌다. 육각형으로 된 여러 채의 벌집이 붙어 있는 걸 확인하고 나서도 나는 공포감을 이기지 못해 발로 그것을 짓밟아 으깨버렸다. 그리고 내 집에서 말벌을 발본색원했다고 생각했다. 조금도 개운하지 않은 기분 나쁜 승리감으로 나는 한동안 어깨로 숨을 쉬며 허덕댔다. 내 인간승리는 이렇듯 비참하고 초라했다. 나는 그날 밤 악몽으로 잠을 이루지 못했다. 내 물 공격을 피해 도망친 어미들은 어찌 되었을까. 그들의 종족보존의 본능을 모성애로까지 과장하고 싶지는 않았지만 복수심 같은 게 입력돼 있을지도 모른다는 생각이 떠나지 않았다. 이 나이까지 살아오면서 남에게 크게 못할 짓을 한 적은 없다고 생각했는데 과연 그랬을까, 그것도 의심스러웠다. 정말 그랬다고 해도 그건 타고난 소심증이었을 뿐이라고 생각하니 내가 한없이 작고 비루하게 느껴졌다. 더 기막힐 일은 그다음 날 아침부터 일어났다. 어제 그 자리에 말벌들이 삼삼오오 모여 머리를 맞대고 있어서 벌집이 그냥 있는 것처럼 보였다. 조금 떨어져서 붙어 있는 말벌도 보였다. 그 많은 새끼들을 다 잃고도 왜 그 자리가 명당자리일까, 기가 막혀서 소름이 돋을 것 같았다. 벌집이 있던 자리는 회칠이 벗겨진 건지 그들의 분비물이 그렇게 만든 건지 동전만 한 흔적이 아직도 까맣게 남아 있었다. 물 공격에도 떨어져 나가지 않은 그들의 폐허를 아주 없애기로 작정한 나는 이웃집을 돌아다니면서 기다란 장대를 하나 구할 수 있었다.

그 후 매일 아침저녁으로 장대를 휘둘러 그들을 쫓아버린다. 쫓아내도 쫓아내도 그들은 한사코 그 검은 폐허 주위로 모여들어 머리를 맞대고 쉬는지 모의를 하는지 한다. 혹시라도 그들이 떠내려간 새끼들을 못 잊고 모여서 같이 슬퍼하고 있을까봐 두렵다. 그래서 장대를 휘두를 때마다 나는 소리 내어 그들에게 말을 건다. 아니 애걸을 한다.

제발 거기다 집 지을 생각 말고 딴 데로 가봐. 우리 집 뒤쪽이라도 눈감아줄 수 있어. 나 그렇게 모진 사람 아냐. 그렇지만 거기는 현관 처마 밑이잖니. 난 너희들이 무섭단다. 접때 일은 사과할게, 나 좀 이해해주라.

이런 뜻의 말을 마치 속죄하듯이 비굴하게 중얼거린다. 그래도 말벌 식구들은 그 참극의 현장으로 끈질기게 모여든다.

아마 며칠만 장대 공격을 멈추어도 그들은 그 자리에 덩그렇게 예전 집을 복구시킬 것이다. 말벌 집의 발본색원이 불가능할 것 같다는 내 근심을 들은 어떤 이웃이 한 꾀를 내주었다. 장대 끝에다 솜방망이를 매달고 거기다가 독한 살충제를 묻혀서 그걸로 말벌의 집터를 반복해서 문질러보라는 것이었다. 무릎을 칠 만한 묘안이었다. 그러나 아직은 실행에 옮기지 않았다. 내가 먼저 말벌을 공격한 것이지, 나는 아직 말벌의 공격을 받은 일이 없다. 내 가까이 날아오지도 않는다. 공연히 지레 겁을 먹고 나에게 하등 위협이 되지 않는 미물을 그렇게 모질고도 과장되게 공격한 것이었다. 돌연한 물 공격으로 그 많은 새끼들을 일시에 몰살시켜놓은 주제에 살충제 공격만은 차마 못할 짓만 같아서 망설이는 것은, 아마도 인간의 전쟁 중에서 어떤 화력이나 파괴력보다도 화생방 무기를 부도덕하게 여기는 문화적 영향인 듯싶다. 그렇다고 내가 살충제를 전혀 안 쓰냐 하면 천만의 말씀이다. 아마 살충제가 없다면 남들이 그럴듯하게 봐주는 전원생활이라는 것을 아예 엄두도 못 냈을 것이다. 말벌이나 파리보다도 작은 곤충일수록 인간에게 적대적이다. 모기도 싫지만 나무들 사이를 날아다니는 하루살이만 한 것들은 도대체 어떻게 알을 낳고 어떻게 번식하는지 실내에 먹다 남은 과일껍질만 있어도 거기서 솟은 것처럼 순식간에 그런 것들이 꼬인다. 먼지처럼 가볍고 무력해 보이는 것들이지만 그중에는 닿기만 해도 맨살을 두드러기처럼 부풀어 오르게 하는 것도 있고, 오래도록 따끔거리거나 가렵게 하는 것도 있다. 그런 미물들의 출입을 막는 데는 망창도 소용이 없으니 살충제를 뿌려댈 수밖에 없다.

그러면 식물들은 인간에게 우호적인가. 그렇지도 않다. 우리는 곧잘 자연 친화적, 자연식 따위 '자연' 자 붙은 말에 마치 인간이 돌아가야 할 본향 같은 그리움을 느낄 뿐 아니라 지금부터라도 그것을 아낌으로써 여태까지 파괴만 해온 죄과에 대한 속죄의 방편으로 삼으려 한다. 어떤 식물도감을 보면 우리의 산야초치고 인간을 보하지 않는 게 없고 그것만 연구를 잘하면 못 고칠 병이 없는 걸로 되어 있다. 그러나 우리 병에 약이라는 건 그만큼 독이라는 소리도 된다고 생각한다. 병도 우리 몸의 일부니까.

집 앞엔 숲이 있고 동네가 숲에 안긴 것 같은 형상을 하고 있다. 그것 때문에 지금 사는 집을 장만하게 되었다. 그만큼 숲이 주는 위안은 도시 문화권으로부터 한걸음 물러나 앉은 것 같은 소외감을 다독거려주고도 남는다. 그러나 그 작은 숲이 불안에 떨 적에 보면 그렇게 무서울 수가 없다. 특히 요새처럼 숲이 진녹색으로 두텁게 번들거릴 때 어디서 오는지 모를 수상한 바람이 숲을 흔들 적이 있다. 그럴 때 숲은 온몸에 비늘을 뒤집어쓴 한 마리 거대한 공룡으로 변한다. 중생대의 공룡이 멸종의 예감으로 괴롭게 몸을 뒤채는 모습을 눈앞에서 보는 것은 상상력이 아니라 생생한 현실감이다. 숲의 나무들이 저희들끼리 연대하여 한 마리의 거대한 공룡으로 변신한 걸 보면서 느끼는 공포감이 제발 나만의 것이었으면 좋겠다. 만일 사람들이 함께 그런 것을 느낀다면 어떡하든지 숲을 제거하고 그 자리에다 콘크리트를 치든지 아파트를 짓든지 하고 말 것 같아서이다. 인간은 공포감을 느꼈다 하면 무슨 수를 써서든지 그것을 제거하지 않고는 못 배긴다. 숲이 괴롭게 뒤채는 건 미구에 닥칠 그런 운명을 예감하기 때문이 아닐까.

이렇듯 남들이 말하는 나의 전원생활은 조금도 평화롭지 않다. 내가 여기 정착하려 한 것은 자연 친화적인 삶을 꿈꿨기 때문도 도처에 도사린 불안을 몰라서도 아니었다. 그냥 아파트가 너무 편해서, 온종일 몸 놀릴 일이 너무 없는 게 사육당하는 것처럼 답답해서 나에게 맞는 불편을 선택하고자 했을 뿐이다. 내가 거둬야 할 마당이 나에게 노동하는 불편을 제공해 준다. 요새처럼 땅의 생명력이 최고조에 달했을 적엔 하루만 마당을 안 돌봐도 표시가 난다. 나는 마당을 돌보되 가꾼 티 안 나게 아주 자연스럽게 가꾸고 싶다. 내가 자연스러워하는 건 내 유년의 뜰이 그 원본이다. 그래서 주로 봉숭아나 분꽃, 한련, 개미취 따위를 기른다. 첫해는 그런 것들의 씨를 어렵게 구해다 뿌렸었는데 해마다 저절로 나서 이제는 그것들 천지가 되었다. 아침마다 그것들하고 눈 맞추는 재미에 산다고 해도 과언이 아니다. 봉숭아가 한창인 지금에 와서야 나는 말벌들이 봉숭아꽃에 특히 많이 꼬인다는 걸 알게 되었다. 그래서 그렇게 모진 일을 당하고도 우리 마당을 못 떠났구나, 마치 인간이 범람의 우려를 무릅쓰고 큰 강을 끼고 취락을 발달시켰듯이 말이다. 내 유년의 뜰에도 말벌이 있었을 것이다. 내 유년의 뜰엔 뱀도 살고 땅벌도 살았던 기억이 난다. 그러나 요즈음 나는 행여나 그런 것들이 숨어들까봐 하루 한 뼘씩 왕성하게 자라는, 담이나 나무 밑의 풀섶을 뽑아주고, 머위나 들깨처럼 저절로 자라는 것들도 웃자라지 못하게 솎아내는 일을 열심히 한다. 그 일은 내 반나절의 노동으로 삼기에 족한 분량이다. 더 일하고 싶으면 가위로 잔디를 깎아주기도 한다. 새벽의 잔디를 깎고 있으면 기막히게 싱그러운 풀 냄새를 맡을 수 있다. 이 건 향기가 아니다. 대기에 인간의 숨결이 섞이기 전, 아니면 미처 미치지 못한 그 오지의 순결한 냄새다. 그러나 손가락에 물집이 잡히는 것도 모르고 오래도록 잔디에 가위질을 하는 것은 풀 냄새 때문만은 아니다. 유년의 뜰을 떠난 후 도시에서 보

낸, 유년기의 열 곱은 되는 몇십 년 동안에 맛본 인생의 단맛과 쓴맛, 내 몸을 스쳐간 일이라고는 믿어지지 않게 격렬했던 애증과 애환, 허방과 나락, 행운과 기적, 이런 내 인생의 명장면 (?)에 반복해서 몰입하다 보면 그렇게 시간이 가버린다. 70년은 끔찍하게 긴 세월이다. 그러나 건져올릴 수 있는 장면이 고작 반나절 동안에 대여섯 번도 더 연속 상연하고도 시간이 남아도는 분량밖에 안 되다니. 눈물이 날 것 같은 허망감을 시냇물 소리가 다독거려준다. 다행히 집 앞으로 시냇물이 흐르고 있다. 요새 같은 장마철엔 제법 콸콸 소리를 내고 흐르지만 보통 때는 귀 기울여야 그 졸졸졸 소리를 들을 수 있다. 그 물소리는 마치 다 지나간다, 모든 건 다 지나가게 돼 있다, 라고 속삭이는 것처럼 들린다. 그 무심한 듯 명랑한 속삭임은 어떤 종교의 경전이나 성직자의 설교보다도 더 깊은 위안과 평화를 준다.

만
추

책을 보다가 무심코 바깥을 내다보려는데 유리창에 웬 파리 떼가 새까맣게 붙어 있었다. 시(市)에서 자주 연막소독을 해주기 때문인지 여름에도 거의 파리, 모기 성가신 걸 모르고 살았는데 첫추위까지 겪고 난 이 늦가을에 웬 파리일까. 가까이 가보니 유리창 안쪽에 붙어 있는 건 몇 마리 안 되고 밖에 더 많이 붙어 있었다. 파리가 아니라 벌하고 무당벌레들이었다. 여름내 마당에 벌이 많이 날아왔고 한번은 추녀 밑에 집을 지은 적도 있어서 벌은 낯설지 않지만 저 많은 무당벌레들은 도대체 어디 있었을까. 그것들을 밖으로 날려 보내려고 창문을 한편으로 밀어 나갈 구멍을 내주고 나서 신문지 둘둘 만 걸로 툭툭 건드려보았지만 그것들은 날지 못했다. 죽지는 않는데 미약하게 날갯짓만 하다가 바닥으로 떨어졌다. 그 극성맞고 위협적이던 벌의 생명력이 미미한 티끌이나 먼지로 변해가고 있었다. 밖으로 나가보니 유리창 밖에 붙어 있는 것들도 힘없기는 마찬가지였다. 쾌청한 날이라 남향의 유리창엔 따끈따끈한 볕이 들이비치고 있었다. 늙은이가 뜨뜻한 아랫목 바치듯이 너희들도 며칠 안 남은 잔명을 덥혀보려고 여기까지 왔구나. 삶의 속절없음은 만물의 영장을 자처하는 인간이나 미물이 별로 다를 것이 없었다.

제각기의 고운 빛깔로 마지막 영화를 자랑하던 마당의 나무들도 이제 잎을 완전히 떨군 벌거숭이가 돼 있다. 꽃만 열흘 붉은 꽃이 없는 게 아니라 단풍도 자지러지게 고운 빛깔이 나는 동안은 꽃의 전성기보다 오히려 짧다. 그러나 나무들은 잎을 떨군 후가 더 늠름하고 큰 나무일수록 계절과는 상관없이 당당하다. 나무에 비해 한철 피고 나면 그뿐인 일년초들은 한결 조급하고 옹졸하다. 올해 우리 마당의 일년초들은 잘 안 된 편이었다. 여름에 워낙 비가 많이 오다 보니 쓰러진 채 그 자리에서 녹았는지 썩었는지 자취를 안 남긴 것도 있고 꽃을 제대로 못 피우고 대궁이만 웃자라다 만 것도 있다. 그래도 분꽃하고 봉숭아는 잘된 편이어서 실컷 꽃을 보고 찬바람 나고 추레해진 후에 뽑아버렸는데 그 빈자리가 파릇파릇해서 가보니 빈틈없이 봉숭아가 돋아나고 있었다. 이런 철딱서니 없는 것들이 있

나. 뽑아버린 봉숭아가 떨군 씨들이 내년 봄을 못 참고 일제히 싹을 틔우고 있었다. 먼저 나온 것들은 제법 웃자라서 희미하게 붉은 꽃까지 달고 있었다. 때를 못 맞춘 그것들은 봉숭아가 아닌 딴 화초처럼 허약하고 가련해 보였다. 땅속에서 진득하게 봄을 기다리지 못한 봉숭아 씨는 다만 때를 제대로 못 맞춘 죄로 내년 봄을 보는 일도 없을 것이다.

마당에서 가장 큰 살구나무는 올해도 꽃이 화려했던 데 비해 살구는 조금밖에 열리지 않았다. 사람들은 해거리라고 하지만, 나는 꽃 볼 욕심으로 가장귀를 한 번도 제대로 쳐주지 않아 나무가 너무 힘들었을 거란 자책감이 들었다. 또한 살구나무에 짓눌려 기죽을 못 펴고 있는 그 옆의 라일락도 좀 배려해 줘야 할 것 같았다. 자기 영역을 지키고 확장하려는 욕심은 나무가 사람보다 더 인정사정없다는 건 이 조그만 마당을 가꾸면서 알게 된 사실이다. 하긴 나무는 사람이 아니니까 인정씩이나 끌어다가 이해하려 들 일도 아니지만. 약자의 편을 드는 척이라도 해야 하는 건 그래도 사람밖에 없으니 어쩌겠는가. 나는 그래서 살구나무가 좀 미워지더라도 라일락 쪽으로 뻗은 가장귀를 왕창 잘라낼 목적으로 튼실한 받침대 위에 올라섰다. 그러나 가장귀를 끌어당겨만 놓고 차마 잘라내지 못했다. 나무의 체온이랄까, 살아 있다는 유연함, 피돌기 같은 수액의

움직임, 그런 게 생생하게 느껴질 뿐 아니라 가지마다 다닥다
닥 붙은 돌기(突起)는 내년 봄에 터뜨릴 꽃망울의 시작이 아닌
가. 살구꽃도 벚꽃도 매화도 우리 눈엔 어느 날 갑자기 활짝 피
어나는 것 같지만 이렇게 미리미리 준비를 하는구나. 꽃망울
이 얼어죽지도 말라죽지도 않게 보호하고 견디어내야 하는 겨
울은 나무들에게 얼마나 혹독할까. 숙연해지는 한편 내년에도
살구꽃을 볼 생각을 하니 가슴이 울렁거렸다. 칠십 고개를 넘
고 나서는 오늘 밤 잠들었다가 내일 아침 깨어나지 않아도 여
한이 없도록 그저 오늘 하루를 미련 없이 살자고 다짐해왔는
데 그게 아닌가. 내년 봄의 기쁨을 꿈꾸다니…… 가슴이 울렁
거릴 수 있는 기능이 남아 있는 한 그래도 인생은 살 만한 것이
로구나.

꽃과 나무에게 말 걸기

꽃
출석부 1

작년 가을에 이웃집에서 복수초를 나누어 받았다. 뿌리는 구근이 아니라 흑갈색 잔뿌리와 검은 흙이 한데 엉겨 있고, 키는 땅에 닿을 듯이 작은데 잎도 새의 깃털처럼 잘게 갈라져 있어서 전체적으로 볼륨이 느껴지지 않아 하찮은 잡초처럼 보였다. 그전에 나는 복수초라는 화초를 사진으로 본 적은 있지만 실물을 본 적은 없기 때문에 그게 과연 눈 속에서 핀다는 그 복수초인지 잘 믿기지 않았다. 생각해서 나누어준 분 앞이라 당장 양지바른 곳에 심긴 했지만 곧 가을이 깊어지니 워낙 시원치 않아 보이던 이파리들은 자취도 없어지고 나 역시 그게 있던 자리조차 기억 못하게 되었다.

아마 3월이 되자마자였을 것이다. 샛노란 꽃이 두 송이 땅에 닿게 피어 있었다. 하도 키가 작아서 하마터면 밟을 뻔했다. 그러나 빛깔은 진한 황금색이어서 아직 아무것도 싹트지 않은 황량한 마당에 몹시 생뚱스러워 보였다. 그리고 곧 큰 눈이 왔다. 아무리 눈 속에도 피는 꽃이라고 알려져 있어도 그 작은 키로 견디기엔 너무 많은 눈이었다. 나는 눈으로는 눈의 무게를 이기지 못해 꺾인 듯이 축 처진 소나무 가지를 바라보면서 마음으로는 그 샛노란 꽃의 속절없음을 생각하고 있었다. 대문 밖의 눈은 쳐주었지만 마당의 눈은 그대로 방치해두었기 때문에 녹아 없어지는 데 며칠 걸렸다. 놀랍게도 제일 먼저 녹은 데가 복수초 언저리였다. 고 작은 풀꽃의 머리칼 같은 뿌리가 땅속 어드메서 따뜻한 지열을 길어올렸기에 그 두터운 눈을 녹이고, 더욱 샛노랗게 더욱 싱싱하게 해를 보고 있었다. 온종일 그렇게 피어 있다가 해 질 무렵에는 타원형으로 오므라든다. 그러다가 아주 시들어버릴 줄 알았는데 다음 날 해만 뜨면 다시 활짝 핀다. 그러나 마냥 그럴 수는 없는 일이다. 곧 안 깨어나고 져버리는 날이 있겠기에 그게 피어 있는 동안만이라도 누구에겐가 보여주고 자랑하고 싶어서 나는 집에 손님만 오면 그걸 구경시킨다. 그러나 내가 기대하는 것만치 신기해하는 이가 별로 없다. 어떤 친구는 마당에 피는 꽃이 1백 가지도 넘는다고 해서 부러워했는데 이런 것까지 쳐서 1백 가지냐고 기막힌 듯이 물었다. 듣고 보니 내가 그런 자랑을 한 적이 있는 것 같았다. 그러나 거짓말을 한 건 아니다. 그 친구는 아마 기화요초가 어우러진 광경을 상상했었나 보다. 내가 백 마흔두 가지도 넘는다고 한 것은 복수초 다음으로 피어날 민들레나 제비꽃, 할미꽃까지 다 합친 수효다. 올해는 복수초가 1번이 되었지만 작년까지만 해도 산수유가 1번이었다. 곧 4월이 되면 목련, 매화, 살구, 자두, 앵두, 조팝나무 등이 다투어 꽃을 피우겠지만 그래도 조금씩 날짜를 달리해 순서대로 피면서 그 그늘에 제비꽃이나 민들레, 은방울꽃을 거느린다. 꽃이 제일 먼저 핀 것은 복수초지만 잎이 제일 먼저 흙을 뚫고 모습을 드러낸 것은 상사초이고 그다음이 수선화다. 수선화는 벚꽃이 필 무렵에나 필 것 같고 상사초는 잎이 시들어 지상에서 사라지고 나서도 한참이나 더 있다가 꽃대를 밀어 올릴 것이다. 이렇게 그것들을 기다리고 마중하다 보니 내 머릿속에 출석부가 생기게 되고, 출석부란 원래 이름과 함께 번호를 매기게 되어 있는지라 1백번이 넘는다는 걸 알게 되었다. 이름을 모르면 1백번이라는 숫자도 나오지 않았을 것이다. 그것들이 순서를 지키지 않고 멋대로 피고 지면 이름이 궁금하지 않았을지도 모른다.

내가 출석을 부르지 않아도 그것들은 올 것이다. 그래도 나는 그것들이 올해도 하나도 결석하지 않고 전원 출석하기를 바라기 때문에 그것들이 뿌리로, 씨로 잠든 땅을 함부로 밟지 못한다. 그것들이 왕성하게 자랄 여름에는 그것들이 목마를까봐 마음 놓고 어디 여행도 못 할 것이다. 그것들은 출석할 때마다 내 가슴을 기쁨으로 뛰놀게 했다. 1백 식구는 대식구다. 나에게 그것들을 부양할 마당이 있다는 걸 생각만 해도 뿌듯한 행복감을 느낀다. 내가 이렇게 사치를 해도 되는 것일까. 괜히 송구스러울 때도 있다.

그것들은 내가 기다리지 않아도 올 것이다. 그래도 나는 기다린다. 기다리는 기쁨 때문에 기다린다.

꽃
출석부2

　작년보다 2주일이나 늦게 복수초가 피었다. 기다려도 안 피기에 눈이 안 오면 안 피는 꽃인 줄 알았다. 밖에 나갔다 오는데 저만치 앞 땅바닥에 샛노랗게 빛나는 게 보였다. 순간 교복 단추가 떨어져 있는 줄 알았다. 1960년대까지만 해도 남자아이는 중학생이 되면 머리를 빡빡 깎고 금빛 단추가 달린 감색 교복을 입었다. 가뜩이나 볼품없는 교복을 엄마들은 내남직없이 적어도 3년은 입힐 요량으로 넉넉한 걸로 사 입혔기 때문에 얻어 입은 것처럼 옷 따로 몸 따로 노는 건 틀림없이 신입생이었다. 궁핍한 시대였지만 금빛 단추만은 생뚱스러울 정도로 찬란하게 빛났다. 처음 중학생이 된 아들을 보는 나의 꿈도 그렇게 찬란하지 않았을까. 목을 조이는 호크 하나라도 안 잠그면 교문에서 걸릴 정도로 교칙이 엄할 때라, 나는 장난이 심한 내 아들이 단추를 떨어뜨려 혼날까봐 바느질이 허술한 새 교복의 단추부터 꼭꼭 다시 꿰매주곤 했다.

왕년의 그런 스트레스가 아니더라도 땅에 떨어진 금단추로 보일 정도로 복수초는 땅바닥에 붙어서 꽃 먼저 핀다. 노란 꽃이 밤에는 오므렸다가 낮에는 단추만 한 크기로 펴지기를 되풀이하는 사이에 줄기도 나오고 잎도 생겨난다. 그래봤댔자 잎도 줄기도 미미해서 애정을 가지고 보지 않으면 밟히기 알맞은 꽃이다. 복수초를 반기고 나서 역시 작은 봄꽃들이 있던 자리를 살펴보니 노루귀가 희미한 분홍색으로 피어 있다. 그 조그만 것들이 어쩌면 그렇게 순서를 잘 지키는지 모르겠다. 그 작고 미미한 것들이 땅속으로부터 지상으로 길을 내자 사방 군데서 아우성치듯 푸른 것들이 돋아나고 있다. 작은 것들은 위에서 내려앉은 것처럼 사뿐히 돋아나지만 큰 잎들은 제법 고투의 흔적이 보인다. 상사초 잎은 두껍고 딱딱한 땅에 쩍쩍 균열을 일으키며 솟아오른다. 상사초 잎은 그렇게 실하고 건강하다. 그래도 제까짓 게 고작 풀인데 굳은 땅을 그렇게 갈라놓다니.

집 앞은 포장을 새로 한 지 얼마 안 되는 단단한 도로인데 작년 겨우내 이웃 공사장으로 드나들던 굴착기, 크레인 등 중장비차의 무게로 바닥에 심한 균열이 생겼다. 위에서 찍어 누르는 엄청난 힘에 의해 생긴 균열을 볼 때마다 나는 건설의 파괴력에 진저리가 쳐지면서 살맛이 다 없어지곤 했다. 그것은 아마 순식간에 깨부수고 건설하는 무자비한 기계의 힘에 대한 무기력증과 공포감에 다름 아닐 것이다. 삶에 대한 그런 비관이 땅에 균열을 일으키며 밑에서 솟아오르는 씩씩한 녹색을 보자 씻은 듯이 사라지고 새로운 힘이 솟는 걸 느꼈다. 그런 힘은 투지나 적의 따위의 힘이 아니라, 살아 있는 기쁨을 느끼고 나누고 싶은 생명 본연의 원초적인 활력일 것이다.

우리 마당에서 금년 봄 내 눈을 최초로 사로잡은 봄빛이 복수초였다면 처음 혀에 와 닿은 봄맛은 돌나물이다. 돌나물은 아무 데서나 왕성하게 퍼져 그냥 놔두면 잔디고 뭐고 남아나지 않는다. 꽃도 피지만 마당에 그게 퍼지면 내가 좋아하는 채송화가 제대로 못 퍼지기 때문에 파릇파릇할 때 열심히 제거해서 양념장에 무쳐 먹는다. 연하고 상큼한 맛 외엔 아무 맛도 없지만 몸에 좋거니 하고 먹는다. 몸에 좋다는 데 무슨 근거가 있는 건 아니다. 몇 해 전 암에 걸려 투병 중인, 내가 좋아하는 어떤 이가 암에 좋다고 돌나물을 열심히 먹는다고 들은 기억 때문일 것이다. 그이는 암을 이기지 못했다. 그럼에도 불구하고 암에 좋다는 음식은 일단 먹어놓고 보는 자신이 서글프다. 일전에는 아는 분이 우리 마당에 어떤 꽃들이 피는지 물었다. 나는 으스대며 1백 가지도 넘는 꽃이 있다고 말했다. 그건 누구한테나 그렇게 말하는 내 말버릇이다. 그러나 거짓말은 아니다. 듣는 사람은 아마 백화난만한 꽃밭을 생각하겠지만 그것들은 한꺼번에 피지 않고 순서껏 차례차례 핀다. 그리고 흐드러지게 피는 목련부터 눈에 띄지도 않는 돌나물 꽃까지를 합쳐서 그렇다는 소리다. 그런데 어떻게 그 가짓수를 다 셀 수 있냐 하면 그것들은 차례차례로 오고, 나는 기다리기 때문이다.

시작과
종말

꼭 작년 이맘때였다. 3월 눈치고는 폭설에 가까운 푸짐한 눈
이 오고 나서 마당에서 첫 봄꽃을 보았었다. 복수초였다. 노
란 꽃 주위로만 동그랗게 눈이 녹아 흙이 피워낸 게 아니라 눈
이 피워낸 꽃처럼 신기했었다. 올해도 3월 눈이 오기에 복수초
를 피우러 오는 눈인 듯 반가워 그 자리에 나가보아도 아직은
아무런 기별이 없다. 올해는 유난히 겨울이 길어 꽃도 예년보
다 열흘가량 늦게 피리라고 하니 기다려야겠지만 저지른 일이
있어 안심이 안 된다. 썩어서 내려앉은 노천 마루를 새로 놓는
공사를 지난달에 했는데, 복수초가 있던 자리는 인부들이 드
나드는 통로가 되었다. 그 좁은 길에는 복수초뿐 아니라 수선
화 뿌리도 잠들어 있다. 하지만 나는 일하는 사람들한테 그 길
을 피해 다녀달라는 부탁을 차마 하지 못했다. 그들이 불편해

할 것이 눈치 보여서였다. 눈을 녹여가며 꽃을 피울 수 있는 건강한 생명력도 사람한테 짓밟히면 못 살아날지도 모른다는 불길한 생각이 든다. 그러나 어쩔 것인가, 더한 것들도 생성하고 소멸하는데. 봄이 좀 늦은들 또 어떠리. 씨 뿌릴 날이 멀지 않은데. 작년 가을에 받아놓은 일년초 씨를 갈무리해놓은 봉지를 꺼내본다. 거의가 집 마당에서 받은 것들이지만 여행 중 시골길에서 발견한 야생초의 씨도 있다. 마구 뿌리지 말고 올해는 키나 빛깔, 개화시기를 고려해 조화롭게 뿌려야지 벼르면서 언제쯤이 좋을까, 해토하고 씨 뿌릴 수 있는 날이 기다려진다.

작년에 그 씨들을 받을 때는 씨가 생명의 종말이더니 금년에 그것들을 뿌릴 때가 되니 종말이 시작이 되었다. 그 작고 가벼운 것들 속에 시작과 종말이 함께 있다는 그 완전성과 영원성이 가슴 짠하게 경이롭다. 좁은 마당에 다 뿌리기엔 너무 많은 씨지만 나중에 솎아줄 요량으로 다 뿌릴 작정이다. 씨를 맺은 이상 푸르고 예쁜 싹으로 돋아나 단 며칠이라도 햇빛을 누리게 하고 싶다. 아무리 일찍 씨를 뿌린다 해도 땅속에서 그것들이 고개를 내밀기 전에 목련을 시작으로 꽃나무들이 먼저 다투어 꽃을 피워낼 것이다. 꽃그늘에 친한 친구들을 차례로 초대해 묵은 김치를 안주로 술잔을 기울일 수 있다면 올봄이 비록 짧다고 해도 찬란한 봄이 될 것이다. 도시에 사는 친구들은 틀림없이 나의 시골생활을 부러워할 것이다. 그러나 도시 근교의 시골생활이라는 것이 숲과 개울물이 이런저런 명목으로 야금야금 훼손되고 오염되는 것을 빤히 바라보면서 견디어 내는 일이라는 것을 그들은 모르리라. 나도 미처 몰랐으니까. 그러나 나는 남들이 나를 부러워하는 것을 좋아하는 속물이니까 그런 사실을 발설하지는 않을 것이다. 속물은 조금쯤 비겁하게 마련이다. 비겁하기만 한 게 아니라 내 마당이라도 안전하면 그만이라고 이기적이 되는 것도 속물근성이다.

　도시도 그렇겠지만 비나 눈이 개인 후의 시골 공기는 절로 탄성이 나올 만큼 투명하다. 집에서 한강이 바라보이는데 공기에 따라 멀리 보였다 가까이 보였다 한다. 녹차를 한 잔 우려내가지고 한강이 보이는 창가로 가니 강물에 햇빛이 부서지는 것까지 보인다. 얼어붙은 위로 눈이 쌓였을 때는 설원처럼 보였었다. 얼어붙었던 한강이 풀리는 것을 보는 게 나에게 해마다 감동스러운 것은 서정주의 「풀리는 한강가에서」 때문인지도 모르겠다. "강물이 풀리다니/강물은 무엇하러 또 풀리는가"로 시작하는 시를 나는 다 욀 수 있지만 특히 "무어라 강물은 다시 풀리어/이 햇빛 이 물결을 내게 주는가"에 이르러서는 마음이 떨린다. 굳었던 마음이 떨리고 풀리고 촉촉해지는 느낌이 나에게 온다는 건 봄이 오는 느낌 못지않게 반갑다. 서정주 시인이 생전에 겪은 칭송과 폄하, 영예와 치욕에 동의하여 고개 숙인 적도 침 뱉은 적도 없지만 어느 한 계절도 그의 시를 떠올리지 않은 계절이 없다. 그만큼 자연과 계절의 마음과 통하는 많은 시를 남기셨고, 그런 시들은 그분이 겪은 이승의 영욕을 뛰어넘어 살아남아 사랑받고 있으니 그분의 영혼도 그만하면 족하다고 끄덕끄덕 미소 지으시지 않을까.

호미
예찬

    내가 마당에서 흙 주무르기를 좋아한다는 걸 아는 친지들은 외국 나갔다 올 때 곧잘 원예용 도구들을 선물로 사오곤 한다. 모종삽, 톱, 전지가위, 갈퀴 등은 다 요긴한 물건들이지만 너무 앙증맞고 예쁘게 포장된 게 어딘지 장난감 같아 선뜻 흙을 묻히게 되지를 않았다. 그래서 전지가위 외에는 거의 다 사용해보지 않고 다시 선물용으로 나누곤 했다.

    내가 애용하는 농기구는 호미다. 어떤 철물전에 들어갔다가 호미를 발견하고 반가워서 손에 쥐어보니 마치 안겨오듯이 내 손아귀에 딱 들어맞았다. 철물전 자체가 귀한 세상에 도시의 철물전에서 그걸 발견했다는 게 마치 구인을 만난 것처럼 반갑고 감동스러웠다. 호미는 남성용 농기구는 아니다. 주로 여자들이 김맬 때 쓰는 도구이지만 만든 것은 대장장이니까 남자들의 작품일 터이나 고개를 살짝 비튼 것 같은 유려한 선과, 팔과 손아귀의 힘을 낭비 없이 날 끝으로 모으는 기능의 완벽한 조화는 단순 소박하면서도 여성적이고 미적이다. 호미질을 할 때마다 어떻게 이렇게 잘 만들었을까 새롭게 감탄하곤 한다. 호미질은 김을 맬 때 기능적일 뿐 아니라 손으로 만지는 것처럼 흙을 느끼게 해준다. 마당이 넓지는 않지만 여기저기 버려진 굳은 땅을 씨를 뿌릴 수 있도록 개간도 하고, 거짓말처럼 빨리 자라는 잡초들과 매일매일 네가 이기나 내가 이기나 보자고 싸움질도 하느라 땅 집 생활 6, 7년에 어찌나 호미를 혹사시켰던지 작년에 호미 자루를 부러뜨리고 말았다. 대신 모종삽, 가위 등을 사용해보았지만 호미의 기능에는 댈 것도 아니었다. 다시 어렵게 구한 호미가 스테인리스로 된 호미였다. 기능은 똑같은데도 왠지 녹슬지 않는 쇳빛이 생경해서 정이 안 갔다. 그러다가 예전 호미와 같은 무쇠 호미를 구하게 되었고, 젊은 친구로부터 날이 날카롭고 얇은 잔디 호미까지 선물로 받아 지금은 부러진 호미까지 합해서 도합 네 개의 호미를 가지고 있다. 컴퓨터로 글 쓰기 전에 좋은 만년필을 몇 개 가지고 있을 때처럼이나 대견하다.

원예가 발달한 나라에서 건너온 온갖 편리한 원예기구 중에 호미 비슷한 것도 본 적이 없는 걸 보면 호미는 순전히 우리의 발명품인 것 같다. 또한 고려 때 가사인 「사모곡」에까지 나오는 걸 보면 그 역사 또한 유구하다 하겠다. 낫처럼 예리하지 않은 호미의 날(刃)을 아버지의 자식 사랑보다 더 깊은 어머니 사랑에 빗댄 것은 고려가사치고는 세련미는 좀 떨어지지만 그 촌스러움이 오히려 돋보인다.

지금도 그런 호미가 있는지 모르지만 내 기억으로는 예전엔 왼호미라는 게 있었다. 우리나라에는 왼손잡이가 흔하지 않아서 그런지 서양에 비해 왼손잡이에게 불친절한 편이다. 그러나 호미만은 왼손잡이용이 따로 있었다. 호미질을 해보면 알지만 살짝 비틀린 날의 방향 때문에 호미는 절대로 오른손, 왼손이 같이 쓸 수 없게 돼 있다. 극소수의 왼손잡이까지 생각한 세심한 배려가 호미날의 그런 아름다운 곡선을 만들지 않았을까 상상해본다.

호미에 대한 예찬이 지나친 감이 있는데 그건 아마도 고작 잔디나 꽃밭이나 가꾸는 주제에 농사 기분을 내보고 싶은 속셈 때문인지도 모르겠다. 나는 시골 출신이지만 직접 농사를 지어본 경험은 없다. 그런데도 죽기 전에 한 번은 꼭 완벽하게 정직하게 살아보고 싶다는 생각이 자꾸만 들었고, 그건 농사밖에 없을 것 같았다. 글줄이나 써가며 편안하게 살아왔으면서 웬 엄살인가 싶고, 또 현실적으로 가능한 일도 아니다. 그러니까 이건 꿈도 망상도 아니라 순전히 유전자 때문일 듯싶다. 대대로 시골에서 겨우겨우 먹고살 만한 농사를 지으면서 그래도 남자들은 입신양명의 꿈을 못 버렸던지, 혹은 학문이 좋았던지, 주경야독(晝耕夜讀)을 사람 사는 도리의 기본으로 삼았고, 여자들은 요새 여자들 핸드백처럼 늘 호미가 든 종댕이를 옆구리에 차고 다니면서 김매고, 밭머리건 논두렁이건 빈 땅만 보면 후비적후비적 심고 거두던 핏줄의 내력은 자랑스러울 것도 부끄러울 것도 없지만 꽤 집요한 것 같다.

꽃과 나무에게 말 걸기

흙길
예찬

집에서 멀지 않은 곳에 호수가 있다. 둘레가 4킬로쯤 되는, 기다랗게 활처럼 휜 자연호수이다. 교통량이 많은 지방도로가 교차하는 각(角) 안에 위치해 있는데도 내려앉아 있어서 그런지 통과하는 차량 안에서 잘 보이지 않는다. 삼각형의 나머지 한 변은 아파트 단지다. 그래서 그 호수는 마치 그 아파트 주민만을 위해서 숨어 있는, 또는 누워 있는 미녀처럼 보인다. 지척에 그런 호수가 있는데도 이리로 이사 온 지 몇 년이 지나도록 모르고 지냈다. 거기를 산책로로 정하고 거의 매일 다닌 지는 몇 년 안 된다. 그 누군가가 세심하게 가꾸고 있는 듯 꽃 피는 나무들과 야생초를 적절하게 배치해 한겨울 빼고는 꽃이 그치지 않는다. 그 누군가는 아마도 지방자치단체일 것이다. 한강변의 기막히게 수려한 곳마다 음식점 아니면 러브호텔이 차지하고 있는 걸 볼 때마다 입에 거품을 물고 지방관청을 욕하다가도 거기만 가면 욕하던 입으로 칭찬을 하게 된다. 욕보다는 칭찬이 더 기분 좋은 건 듣는 쪽이나 하는 쪽이나 마찬가지인 것 같다. 이 숨어 있는 호수의 또 하나의 미덕은 둘레가 흙길과 농지로 돼 있다는 데 있다. 동네가 한적하고 골목이 많은 시골동네라 한 바퀴 도는 것도 충분한 운동이 되는데도 차가 많이 다니는 지방도로를 건너는 불편을 무릅쓰고까지 그리로 가는 것은 순전히 흙길 때문이다. 우리 마을은 시골마을인데도 골목까지 포장돼 있다. 늙은 관절은 흙길과 시멘트 길을 민감하게 구별한다. 똑같은 10리 길이라도 시멘트 길은 흙길과 걷고 난 느낌이 완연히 다르다. 쾌적하지 않고 피곤하다. 긴장하지도 방심하지도 않고 나무처럼 꼿꼿하게 땅과 직각을 이루며 흙길을 걸으면서 흙이 뿜어올린 온갖 아름다운 것들, 나무, 꽃나무, 들풀, 물풀, 주위에 있는 비닐하우스나 주말농장에서 풍겨오는 채소와 거름냄새를 맡는 기쁨을 무엇에 비할까. 처음으로 직립해서 두 발로 땅을 박차던 태초의 인간의 기쁨과 자존이 이러했을까. 아침마다 산에 오르던 걸 걷기로 바꾼 것도 직립의 기쁨 때문인 것 같다. 나이 때문이겠지만 오르막길에선 자주 숨을 몰아쉬게 되고 지팡이를 필요로 하거나 엉금엉금 길 때도 있는 게 싫다. 긴장을 해야 한다는 것, 아무리 얕은

산도 정상이 있어서 거기까지 도달해야 비로소 성취감을 맛볼 수 있다는 것도 매일 하기에는 좀 부담스럽다. 그것 또한 나이 탓이겠지만.

흙길을 걷고 있으면 아무 생각도 할 필요가 없다. 느끼기만 하면 된다. 요샌 한창 땅기운이 왕성할 때다. 걷잡을 수 없는 힘으로 산천초목을 통해 지상으로 분출하고 있다. 흙길을 걷고 있으면 나무만큼은 아니라도 풀만큼도 못하더라도 그 생명력의 미소한 부분이나마 나에게도 미치고 있다는 걸 느끼게 된다. 그 힘이 비록 나에게 이르러 잎이나 꽃이 되어 피어나지는 못한다 할지라도 이 풍진 세상을 참고 견딜 수 있는 힘이 된다면 어찌 미소하다고만 할 수 있겠는가. 땅기운과의 이런 편안한 친화감에 힘입어 나도 모르게 기도를 하게 된다. 이렇게 당당하게 걸을 수 있는 기쁨을 누리는 동안만 살게 하소서, 라고. 허나 이렇게 엄청난 욕심이 어찌 기도가 되겠는가, 응석이지.

실은 우리 집 마당도 흙으로 돼 있다. 좁지만 나무도 있고 잔디도 있고 해마다 저절로 돋아나는 야생초가 자라는 땅, 일년 초 씨앗을 뿌릴 수 있는 맨땅이 조각보처럼 나누어져 있다. 이 작은 마당이 한겨울 빼고는 매일매일 나에게 일을 시킨다. 주로 나는 땅 위를 엎드려 기어다니면서 일을 한다. 한여름에도 아마 적어도 한두 시간은 매일매일 땅을 기어다닐 것이다. 땅

은 내가 심거나 씨 뿌리는 것한테만 생명력을 주는 게 아니다. 바람에 날아온 온갖 잡풀의 씨앗, 제가 품고 있던 미세한 실뿌리까지도 살려내려 든다. 아마 내가 잠시만 한눈을 팔아도 내 땅은 그 잡것들 세상이 될 것이다. 잔디밭에서 잔디보다 먼저 푸릇푸릇해지는 것도 그런 잡풀들이다. 내가 땅 위를 기면서 하는 노동은 제가 잉태한 것은 어떡하든지 생산하고자 하는 땅의 욕망과 내가 원하는 것만 키우고 즐기고 싶어 하는 나의 욕망과의 투쟁이다. 이상한 일이다. 내가 땅 위에 직립했을 때 가장 땅과 친하고 땅을 기어다닐 때 가장 땅과 적대적이라는 건 얼마나 이상한 일인가.

꽃과 나무에게 말 걸기

산이여
나무여

    며칠 전 후배 문인들과 1박 2일로 남도 여행을 다녀왔다. 섬
진강 유역은 내 마음이 가장 이끌리는 데고, 갔다 오면 더한 그
리움으로 남는 고장이다. 섬진강 굽이마다 지리산 골짜기마다
펼쳐 보이는 절경도 절경이려니와, 이야기를 간직하고 있지
않은 곳이 없는 것처럼 느껴지는 것도 그쪽에 각별한 정이 가
는 이유일 것이다. 거의 1년에 한 번씩은 가던 곳을 올해는 봄
에 다녀오고 또 갔으니 두 번 간 셈이다. 주로 매화와 산수유가
한창일 때 가던 고장을 오래간만에 가을에 가보니 그 맛 또한
새롭고 각별했다. 단풍은 아직 일렀지만 풍년 든 들판의 황금
물결은 바야흐로 가을의 절정이었다. 누렇게 익은 벼 이삭을
보면서 느끼는 흐뭇한 충만감을 무엇에 비길까. 어려서부터
익히 듣던, 풍년 든 문전옥답은 보기만 해도 배부르다는 농경

민의 정서를 요새 젊은이들은 알기나 알까. 예전엔 쌀밥에 배부른 게 행복의 첫째 조건이었다.

들판의 가을 경치와 산과 강에서 나는 맛있는 음식으로 눈과 입을 실컷 호강시키고 나서 숙소는 몇 년 전부터 아주 지리산 사람이 돼버린 여성 산악인의 집에서 하룻밤 신세를 지기로 했다. 씩씩한 그녀가 장만한 집은 그곳 원주민이 살던 옛날집이라 내가 잔 뜰아랫방도 흙벽에 장작 때는 구들방이었다. 옛날 문짝은 허술해서 웃풍도 좀 있었다. 나는 방학해서 돌아가 고향집 방에 누운 어린 날처럼 꿈 없는 깊은 잠을 잤다. 아침 산책을 나갔다가 잠깐 동안에 알밤을 점퍼 양쪽 주머니 가득 주웠다. 도토리도 지천으로 눈에 띄었다. 산책에서 돌아오니 후배들이 텃밭에서 호박잎을 따다가 다듬고 있었다. 대나무 평상에 앉아 호박잎 줄기를 벗기는 일을 거들면서 오랜만에 완벽하게 평화로운 행복감을 맛보았다. 아침 밥상에는 말랑하게 찐 호박잎 말고도 싱싱한 푸른 이파리들도 듬뿍 올랐는데, 알고 보니 댓돌 밑에 무성한 푸른 것들이 다 먹을 거였다. 풋고추와 함께 생된장에 찍어 먹는 맛이 일품이었다. 예로부터 흉년이 들면 산으로 가란 말이 있는데 그 말이 왜 있었는지 알 것 같았다.

우리를 후하게 대접해준 그녀는 씩씩할 뿐 아니라 웅숭깊

기도 하다. 관광개발로 해마다 모습이 변해가는 명소를 답사하기보다는 지리산을 적당한 거리에 떨어져서 보기를 권했다. 우리는 그녀의 안내로 섬진강을 건너서 백운산으로 올랐다. 강을 사이에 끼고 마주 보는 산이었다. 중턱까지는 차로 오르고 나서 완만한 등산로를 쉬엄쉬엄 걸어 오르면서 그녀가 지시하는 지점에서 바라다보는 지리산은 보는 시점에 따라 모습을 달리했지만 한결같이 장엄하고 관대하고 부드러워 보였다. 섣불리 지리산을 정복해보겠다고 날치던 젊은 날에는 못 보던 지리산의 진면목이었다. 백운산도 단풍이 제대로 들려면 보름쯤은 더 있어야 할 것 같았다. 그래도 정상이 가까워지면서 자지러지게 물든 단풍나무, 옻나무 들이 탄성을 자아내며 걸음을 멈추게 했다. 일행 중에는 몇 년 전부터 그 지방에 정착한 시인도 한 사람 있었는데 어떤 키 큰 나무를 가리키며 고로쇠나무라고 했다. 그 나무엔 단풍이 든 것도, 안 든 것도 아닌, 말라비틀어진 나뭇잎들이 엉성하게 매달려 있어서 불쌍해 보였다. 시인의 설명에 의하면 고로쇠나무도 원은 단풍이 곱게 드는 나무인데 물오를 때 사람들이 너무 극성맞게 고로쇠 물을 채취해 가서 가을에 저 꼴이 됐다는 것이었다. 건강에 좋다는 것이라면 인정사정없이 덤벼드는 우리들의 그악스러운 건강열에 문득 진저리가 쳐졌다. 그 물이 정말 그렇게 몸에 좋은 것일까. 만일 검증된 효능이 있다면 더더욱 나무도 살리고 그게 정말 필요한 사람에게 돌아갈 수 있도록 나무 눈치 봐가며 조심조심 채취하는 것이 인간의 도리가 아니었을까. 참담한 고로쇠나무가 아직도 나에게 충격적인 기억으로 남아 있는 것은 나무를 위해서가 아니라 나 자신을 위해서다. 나에게 남아 있는 마지막 허영이 있다면 그건 우아하게 늙는 것인데, 마음이 모질지 못해서든, 알량한 문명을 위해서든 이렇게 내 몸의 진액을 낭비하다가는 아마 마음씨 좋은 고로쇠나무처럼 불쌍하고 추한 말년이 될 것 같아서다. 글 쓰는 일이란 몸의 진액을 짜는 일이니까.

접시꽃
그대

  한국전쟁 나던 해에 고등학교를 졸업했으니 졸업한 지 50년
이 넘는다. 전쟁 때 행방불명된 친구도 몇 되고, 근년 들어 유
명을 달리하는 친구도 하나둘씩 생겨나다 보니 50년 넘게 꾸
준히 만나고 서로 경조사를 챙기고 힘들 때 위로하고 기쁨을
나눈 동창은 열 손가락 안에 들 정도로 몇 안 된다. 그중에도 학
교 때도 친했을 뿐 아니라 한동네에 살기까지 해서 장장 60년
의 우정을 유지해온 친구가 몇 년 전 우리 주위에서 잠적해버
렸다. IMF 나던 해에 부부가 같이 하던 작은 사업이 어렵게 돼
친구들로부터 몇백만 원씩 빌려 쓴 걸 약속한 기일 안에 갚지
못하게 된 후였다. 나도 몇백이 걸렸으니 졸지에 빚쟁이가 된
셈이었다. 그러나 한 번도 그에게 빌려준 돈을 재촉한 적이 없
었는데 잠적까지 하다니, 혹시 딴 친구가 심하게 굴었을까 알

아봐도 다 그런 일은 없다고 했다. 그가 동창들로부터 빚진 돈을 다 합쳐봐도 2천만 원이 채 안 됐다. 그 정도의 빚을 못 견디고 칠십 노부부가 집도 절도 없이 도대체 어디로 유랑을 하고 있는 것일까, 생각할수록 딱하고 안쓰러웠다. 나보다 마음이 따뜻한 친구가 그 불편한 마음을 견디지 못했는지 오랜 수소문 끝에 마침내 그의 거처를 알아냈다. 어느 시골에 방 한 칸을 얻어서 기거하고 있는데 의식주에 필요한 최소한의 것만 갖고 살고 있더라고 했다. 재기하기엔 너무 늦은 나이에 어쩌다 그 지경이 됐을까. 우린 아무도 그에게 빚 독촉을 안 했을 뿐 아니라 갚을 수 있으리라는 기대도 안 했다. 그러나 기대에 어긋나게도 금년 봄, 4년 만에 우리가 빌려준 돈은 각자의 통장으로 정확하게 돌아왔다. 도대체 그 나이에 뭘 해서 그 돈을 벌었을까, 설사 어디서 눈먼 돈이 굴러들어왔다고 해도 거처를 옮기는 게 더 급하다는 건 우리가 심한 빚쟁이라 해도 동의해줄 만큼 그가 사는 환경은 열악하다고 했는데 말이다. 며칠 전 그로부터 작은 소포가 택배로 왔다. 얼마나 공들여 포장을 했는지 푸는 데만 한참이 걸렸다. 깻잎 장아찌와 꽃씨와 다음과 같은 짧은 편지가 들어 있었다.

여름 음식이어서 남과 나눠 먹기가 여간 조심스럽지 않구나.

최대로 싱겁게 담갔으니 꼭 냉장고에 보관할 것. 날깻잎은 상할까봐 씻지 않았다. 무공해니 쌈으로 먹거나 튀겨 먹어도 좋을 것 같다. 어떤 집 담 밑에 피어 있는 접시꽃이 축제 분위기같이 화려하고 환희심이 들어 무척 좋아서 여기 받아 보내니 심고 싶으면 어디 담 구석에 뿌려도 좋을 것 같다.

돈을 갚고 나서 비로소 그가 말을 걸어온 것이다. 내가 먼저 말을 걸려 해도 혹시 빚 독촉으로 오해하고 놀랄까봐 전화한 통 못 하다 보니 너무 오래 소식을 끊고 살았다. 단돈 1천 원도 벌어본 일이 없는 청소년도 몇천만 원씩 카드빚을 질 수 있는 세상에 그까짓 몇백만 원 때문에…… 우리 70대들은 그렇게 변변치 못하고 소심하다. 그래도 도덕성 하나는 역대 정권보다 좀 나을 줄 알았던 참여정부의 여전한 몇백 몇천억 대의 하늘 무서운 부정한 돈 냄새, 그 얼굴이 그 얼굴인 권력 주변의 부끄러움을 모르는 뻔뻔한 얼굴들을 볼 때마다 이러고도 이 나라가 안 망하는 게 이상할 지경이었다. 그의 아름다운 편지를 읽으면서 이러고도 안 망하는 까닭이 우리 70대들 덕이 아닐까 하는 좀 엉뚱한 생각이 들었다. 우리 70대들은 청소년 시절 조국이 해방되고 독립하는 감격을 맛보았고, 한국전쟁을 당해서는 목숨을 걸고 자유와 민주주의를 수호했고, 전후 복구를 위해 가난을 두려워하지 않고 많은 자식을 낳았고, 뼛골이 빠지게 일해서 그 자식들을 교육시켜 경제성장의 주역으로 키웠다. 무엇보다도 우리는 자식은 정직하고 정당한 노동의 대가로 키워야 하는 줄 알았고 가난보다는 부정이나 부도덕을 능멸했고, 단돈 몇 푼도 빚지고는 못 살 만큼 남의 돈을 두려워했다. 우리는 이렇게 간이 작다. 그러나 간 큰 이들이 아무리 말아먹어도 이 나라가 아주 망하지 않을 것 하나만은 확실한 것은 바로 간 작은 이들이 초석이 되어 떠받치고 있기 때문이라고 좀 으스대면 안 될까.

입시
추위

    여름내 격조하게 지내던 친구 몇 명과 오래간만에 대학로에서 만나 연극 한 편 보고 저녁 먹고 차까지 마시면서 노닥거리고 나니 밤이 꽤 깊어 있었다. 거기까지는 젊은 사람 흉내를 곧잘 냈는데 그 후엔 그게 잘 안 됐다. 마침 해가 지면서 기온이 급강하한 날이었다. 사람은 마땅히 자신의 체감온도에 따라 옷을 입어야 되는데 우린 습관적으로 달력이나 남의 눈치를 보게 된다. 낮에도 포근한 날씨는 아니었고 밤부터는 영하권으로 떨어지리라는 일기예보가 있었건만 달력엔 아직 가을이 여러 날 남아 있었다. 우리 몸에 밴 생활습관으로 치면 김장철이 한 달이나 남아 있을 터인데도 얄팍한 모직 재킷으로 스미는 기온은 서리처럼 차갑고 을씨년스러웠다. 이를 악물고 긴장하고 있었기에 망정이지 그렇지 않았더라면 아래윗니가 딱딱 소리를 내며 맞부딪힐 것처럼 몸이 떨렸다. 눈부신 조명을 받은 가설무대에서 랩을 열창하고 있는 아마추어 가수나, 따라서 몸을 흔들어대며 소리 지르는 젊은이들의 누비 파카로부터 반소매 티까지 제멋대로인 다양한 복장도 무슨 제복처럼 가을 정장으로 차려입은 우리 일행을 초라하게 만들었다. 이 거리는 주말이면 봄, 여름, 가을, 겨울 없이 늘 이렇게 달아오른다고 했다. 그러나 내연(內燃)할 게 남아 있지 않은 우리 몸은 달아오를 줄 몰랐다.

어쩔 수 없이 각자 택시를 잡으려고 혹은 지하철이나 버스를 타려고 헤어지기 직전 한 친구가 소녀처럼 높은 음정으로 외쳤다. "맞아, 입시추위였구나. 이 추위가." 그 친구는 여태까지 그 생각만 하고 있었는지 마치 고심 끝에 정답을 찾아낸 수험생처럼 개운하고 당당하게 굴었다. 그 친구에게 힌트가 된 것은 입시용품을 파는 거리의 노점상이었다. 정확하게는 입시용품이 아니라 입시생에게 줄 선물용품이었다. 찹쌀떡도 엿도 아닌 귀엽고 앙증맞은 소품들은 본래의 용도보다 용도를 전용한 덕담이 더 중요했다. 신기한 눈으로 좌판을 들여다보고 있는 우리에게 젊은 주인은 시원시원하게 설명도 잘했다. 휴지는 문제를 잘 풀라고, 도끼나 포크는 정답을 잘 찍으라고, 파스나 접착제는 잘 붙으라고, 카스텔라는 가서 되라고 등등. 그런 것들은 다들 본래의 용도로는 쓸 수 있을 것 같지 않게 축소된 모조품이었다. 재치가 돋보이는 깜찍한 아이디어였다. 그런 머리를 짜낸 것은 틀림없이 젊은이일 거라는 생각이 들었다. 그 젊은이는 대학을 나왔을까, 안 나왔을까, 혹은 재학 중일까. 그런 부질없는 호기심도 동했다. 아무러면 어떠랴. 아무리 한철 장사라지만 몇십만 입시생에게 이런 선물이 서너 개씩은 돌아간다고 가정하면 꽤 괜찮은 벤처기업이 아닐까. 그 젊은이는 아이디어 하나로 사장이 됐겠구나. 그런 추리까지 하면서 바라본 좌판 한구석엔 사과도 몇 개 진열돼 있었다. 모조품이 아닌 싱싱한 진짜 사과였다. 그러나 좌판의 아이디어 상품과는 잘 안 어울렸다. 우리는 사과까지 입시상품이 될 수 있으리라곤 미처 생각하지 못했다. 그런 우리의 심중을 재빨리 읽어낸 좌판 주인이 이 사과로 말할 거 같으면 지난번의 태풍 루사가 몰고 온 강풍에도 안 떨어지고 붙어 있다가 이렇게 먹음직스럽게 익은 사과라고 했다. 한 알의 곡식이나 열매가 완숙하기까지 견디어낸 재난이 어찌 루사뿐일까. 결과만이 아니라 과정까지 상품을 만든 건 좌판 주인의 단독 아이디어가 아니었을까. 그렇다면 그 젊은이도 행상이 아니라 사장이라 불러 마땅하리라. 대학생의 아르바이트일까, 대학을 졸업했거나 혹은 못 가고 곧장 사장 연수를 하고 있는 중일까, 이런 생각도 늙은

이의 빈약한 상상력의 결과일 뿐, 아무려면 어떠랴. 확실한 건 지금 청년이 밝고 늠름하게 세상의 추위와 바람을 견디고 있다는 것이다. 떨어지지 않고 견디다 보면 아름답고 탐스럽게 익는 날도 있으리라.

처음 내 자식의 입시를 경험한 건 1960년대 말이었다. 그때는 중학교도 시험 치고 들어갈 때여서 명문 중학에 보내고 싶어 하는 학부모들의 열기는 지금의 대학시험보다 더 치열했다. 치맛바람이라는 신조어가 생겨난 것도 그 무렵이었다. 그러나 붙으라는 뜻으로 수험생에게 찰밥이나 엿을 먹이는 것은 내가 중학교 갈 때인 1940년대와 조금도 다르지 않았다. 내가 조금이라도 우리 엄마보다 개화된 게 있었다면 맏이가 찰밥을 안 좋아하니까 강요하지 않고 보통 때와 마찬가지로 멥쌀로 밥을 지은 것 정도였을 것이다. 연탄 때는 한옥에 살 때였고 보온이 되는 전기밥솥이 생겨나기 전이었다. 안방에 김이 모락모락 나는 아침상을 차려놓았는데도 수험생은 제 방에서 뭘 꾸물대는지 빨리 건너오지 않았다. 새벽부터 서둘렀기 때문에 시간은 충분했지만 밥이 식을까봐 나는 큰 소리로 아이를 재촉하면서 밥그릇에 뚜껑을 덮어 따끈한 아랫목 포대기 밑에

묻어놓았다. 그때도 입시추위는 소한, 대한 추위보다 혹독했다. 준비를 끝낸 수험생이 밥을 먹으러 안방으로 건너오자 나는 얼른 아랫목에 묻어놓은 밥그릇을 상에 올려놓다가 그만 밥그릇 뚜껑을 방바닥에 떨어뜨리고 말았다. 가볍게 떨어진 뚜껑이 쩽그렁 소리를 내면서 두 조각이 났다. 첫애가 이 세상에서 첫 번째 시험을 보는 날 아침에 그애의 밥그릇 뚜껑이 깨지다니 이게 무슨 불길한 징조란 말인가. 손끝이 떨리면서 뚜껑 깨지는 소리보다 더 큰 소리로 가슴이 내려앉았다. 그 자리엔 시어머님도 계셨다. 그분은 옛날 어른답게 미신적으로 꺼리고 피하는 게 많았다. 사위스럽다고 야단치실 게 뻔했다. 그러나 그분은 잠깐 굳었던 표정을 환하게 풀고는 큰 소리가 났으니 합격은 떼논 당상이라고 말씀하시는 것이었다. 나도 그 말씀의 뜻을 곧 알아듣고 수험생에게 네가 합격해서 친척과 이웃들에게 그 소문이 쫙 퍼질 좋은 징조라고 뚜껑 깨지는 소리를 해몽했다. 우리 시어머니의 지혜로운 해몽은 당신의 발상이라기보다는 『춘향전』에 나오는 흉몽을 길몽으로 바꾼 박수무당의 해몽에서 따온 것이었을 것이다. 그 순간 나도 미처 생각이 미치지 못한 『춘향전』의 한 대목을 떠올린 시어머니의 순발력은 그 후 50년이나 지난 지금까지도 고맙고 빛난다. 제 밥그릇 뚜껑이 깨지는 걸 보고 시험 치러 간 아이는 할머니의 덕담 덕으로 하나도 기죽지 않고 시험을 잘 쳐서 원하는 학교에 무난히 합격했다.

　아이가 다섯이나 되었으므로 매년 입시가 없는 해가 거의 없었다. 밥그릇 뚜껑이 깨지는 일은 다시는 일어나지 않았지만 시어머님이 주도해서 입시 날 아침에 아이들에게 꼭 해주는 일이 하나 있었는데 그건 시험 치는 아이가 제일 먼저 대문을 열고 나가게 하는 일이었다. 이른 아침 육중한 한옥 대문의 빗장을 아이의 작은 손이 풀고 대문을 열면 돌쩌귀에서 삐걱하는 소리가 났다. 보통 때는 간혹 귀에 거슬리기도 하는 그 소리가 그때만은 장중하고 상서롭게 들렸다. 밤새 밖에서 배회하던 복이 대문을 먼저 여는 집으로 들어온다고 그분은 믿고 계셨다. 그래서 평소 그 일은 새벽잠이 없는 당신의 몫이었는데 시험 치는 날만은 수험생이 몽땅 그 복을 받도록 배려를 하신 거였다. 그때나 지금이나 나는 시어머니의 그런 생각에 동의하는 편은 아니지만 홀로 대문을 열고 문밖으로 나서는 행위의 상징성만은 높이 사고 싶다. 시험만이 혼자 치고 혼자 책임져야 하는 일이 아니다. 세파를 헤쳐나가는 일도 마찬가지다. 아동기의 끝자락에 혼자 대문을 열고 입시추위 혹독한 바깥바람에 홀로 우뚝 서본 경험은 내 자식들 마음속에 숙연한 무엇이 되어 지금까지도 남아 있으리라 나는 믿는다.

두
친구

지방에 사는 고등학교 동창으로부터 전화가 걸려왔다. 서울 나들이 온 김에 만나고 싶다고 했다. 거의 10년 만이었다. 그래도 목소리만 듣고 단박 누구라는 걸 알 수 있었다는 게 신기하고 기분이 좋았다. 어디서 만날까? 집으로 오라고 하고 싶었으나 그러려면 나도 서울 시내에 살고 있는 게 아니어서 좀 복잡해질 것 같았다. 우리 늘 만나던 데 있잖아, 종로서적 앞. 거기서 만나자. 나는 마치 10년의 세월이 없었던 양 자주 만나던 친구 대하듯 말했다. 종로서적 없어졌다며? 친구의 목소리는 기운 없이 쓸쓸했다. 친구는 종로구 청진동 고옥에서 몇 대째 내리 산 서울 토박이 중의 토박이였다. 거기서 나서 한동네의 수송국민학교를 나와 바로 앞집에 해당하는 숙명여고를 나왔으니 종로통은 친구의 놀던 마당이자 옛날의 금잔디였다. 감회가 남다를 것이다. 우리의 모교인 숙명이 강남으로 이전하고 나서 몇 년이 지난 후 그 친구와 함께 청진동, 수송동 일대를 돌아다닌 적이 있다. 전통 깊은 사학은 작은 표지판으로 남고 그나마 찾는 데 한참이나 걸렸다. 그가 살던 집도 물론 남아 있지 않았다. 그때도 그는 보기 민망할 정도로 심란해했다. 그 동네서 나고 자라고 학교 다니다가 한국전쟁 때 피난 간 지방에서 좋은 인연 만나 결혼해서 눌러살게 되었으니 종로 일대가 그에게는 고향마을인 셈이었다. 정든 데가 하나둘 없어져가고 해마다 몰라보게 달라진다는 게 아무리 발전이라는 거라 해도 그게 고향의 일이고 보면 어찌 쓸쓸한 일이 아니겠는가. 종로서적이 없어졌다는 게 더는 책방이 아니란 소리지 그 건물이 없어진 건 아니니까 그냥 그 앞에서 만나자고 했더니 친구는 강한 어조로 싫어, 라고 잘라 말하는 것이었다. 왜? 그냥 보기 싫어서. 나는 더는 권하지 못하고 호텔 커피숍 이름을 말해주었다. 그러고는 친구의 마음이 옮아 붙은 것처럼 나도 한동안 쓸쓸한 감회에 젖어 또 한 친구를 생각했다.

종로서적이 처음 개점할 때 이름은 종로서관이었다. 아마 숙명여고 2학년 때였을 것이다. 일본어 번역본을 통해 문학의 세례를 받은 문학소녀들에게 그곳은 꿈의 궁전이었다. 처음 보는 대형서점이었다. 들어갈 때마다 가슴이 울렁거렸다. 어마

어마하게 큰 매장이 우리말로 된 책으로 꽉 차 있다는 건 생각만 해도 가슴 벅찬 일이었다. 순수문예지『문예』가 창간된 것도 그 무렵이었다. 그러나 수업료 외의 책 살 돈을 따로 받을 수 있는 형편은 못 되었다. 우리 집이 특별히 가난해서가 아니라 그 시절의 부모들은 수업료와 전차표 값 말고 용돈이라는 걸 따로 주는 법이 없었다. 어려운 시절이었다. 그러나 아무리 주머니가 비었어도 그 넓은 매장의 책들이 그림의 떡만은 아니었다. 나하고 친한 우리 반 단짝의 아버지가 그 책방의 창업주였으니까. 종로서관 집 딸이 나하고 친하다는 생각만 해도 나는 어쩌면 이렇게 복이 좋을까, 가슴이 뿌듯해지곤 했다. 그는 예사 동무가 아니었다. 학교에서뿐 아니라 한동네 동무이기도 해서 나는 그 댁 어른들과도 깍듯이 인사하고 지내는 사이였다. 그애도 나도 돈암동 종점에 살았다. 독실한 기독교 집안이어서 그 집에서 교우들이 모여서 예배 볼 때 그애가 특별히 끼워준 적도 있었다. 속으로 나는 내가 그애하고 각별히 친하다는 걸 아무리 강조해도 시원치 않았다. 왜냐하면 학교가 파하고 집에 가는 길에 책방에 들러서 마냥 서서 책을 읽기 위해서였다. 나하고 제일 친한 아이네 책방이라고 생각하면 한결 눈치가 덜 보였다. 개업 초기에 그 책방은 가족끼리 경영한 것 같다. 아버지는 물론 할아버지까지 나와 계셨는데 할아버지는 매장보다 높은 발코니같이 생긴 곳에 서서 매장을 내려다보고 계셨다. 누가 책을 훔쳐가나 망을 보시는 거였다. 할아버지는 두루마기를 입고 안경을 쓰고 계셨는데 안경알이 실내의 전등을 반사해서 어디를 보고 계신지 종잡을 수가 없었다. 그래 그런지 나는 책방에 들어서자마자 제일 먼저 할아버지 쪽에다 대고 상냥하게 웃으며 허리를 굽혔지만 한 번도 받아주신 것 같지는 않다. 나는 할아버지가 내려다보고 계신 게 불편하고도 불안했다. 그러나 할아버지의 동그란 안경알로부터 숨을 수 있는 안전한 위치는 그 책방 어디에도 없었다. 할아버지를 의식하는 게 왜 그렇게 불편했을까. 혹시 책을 훔치고 싶었던 게 아닐까. 누가 뭐라고 그러는 것도 아닌데도 눈치가 보여 읽던 책을 다 못 읽고 자리를 뜰 때면 아쉬운 마음과는 또 다른 야릇한 흥분으로 얼굴을 붉히곤 했는데 그게 혹시나 도심(盜心)이 아니었을까. 그러나 내 생애의 가장 아름다운 시절이었다. 그때 나를 황홀하게 사로잡은 건 우리말의 묘미였다. 열다섯 살에 해방이 되었는데 가갸거겨부터 배우기 시작했으니 동무들끼리의 대화엔 아직도 일본어를 섞어야 자유로울 때였다. 그래서 오히려 교과서나 옛 시가(詩歌)를 통해 접한 우리말은 놀랍고도 아름다운 신천지였다. 그때 내가 책방에 서서 읽은 책들은 소설책보다는 시집이 주였다. 기억력이 왕성할 때였다. 읽는 족족 외기도 잘했다. 언젠가 내가 1백 수도 넘는 시를 외고 있다고 자랑한 적이 있는데 그때는 거짓말이 아니었지만 지금 그렇게 말한다면 거짓말이다. 신간을 공짜로 보기가 눈치 보여서 어렵게 돈을 모아 최초로 산 책도 서정주의 『귀촉도』였다.

전쟁 중에는 종로서관도 없어졌다가 환도 후 다시 개점을 했다. 그동안 나는 학생에서 가정주부로 신분이 변해 있었다. 사고 싶은 책이 있을 때마다 전차 타고 종로서관까지 나가는 게 사는 낙이자 평범한 일상의 매듭이었다. 그때까지도 그애네가 책방 주인이었는데도 할아버지의 안경알이 전혀 생각이 안 나는 건 돈 주고 책을 살 수 있는 당당한 고객이 되었기 때문에 더 이상 의식할 필요가 없어서였을 것이다. 세월이 가고 책방 주인도 그애네 아버지가 아닌 딴 사람으로 바뀌었다. 그래도 나의 종로서적 사랑은 변함이 없었다. 신인 시절 내 최초의 창작집이 서점에 깔린 걸 보러 간 데도 종로서적이었다. 그 크고 좋은 서점에 내 책이 당당하게 한 자리를 차지하고 있는 게 어찌나 자랑스럽던지. 내가 처음으로 독자와의 대화를 가진 것도 종로서적에서였다. 그렇게 사랑하고 사랑받은 종로서적을 언제부터인지 책을 사기 위해서가 아니라 만남의 장소로서만 이용하게 되었다. 근처에 대형서점이 많이 생기고 매장에 들어가기도 책을 고르기도 그쪽이 더 편하게 돼 있는 것 때문에 나도 모르게 그렇게 되고 말았다. 그러나 나는 여전히 종로서적을 사랑한다고 생각했고 그 사랑의 표시처럼 그 앞에서 누구를 만나거나 기다리는 것을 좋아했다. 그 앞은 항상 젊음으로 넘쳤고 나는 그들과 섞이는 게 좋아서 기다리는 사람 없이도 우두커니 거기 서 있기도 했다. 그리고 그 앞에 이렇게 사람이 붐비니 종로서적도 여전히 번창하려니 했다. 나 하나쯤 안 사줘도 사줄 사람이 많으려니 했다. 그러나 그게 아니었나 보다. 경영난으로 문을 닫고 말았다니. 내가 정말로 종로서적을 사랑했다면 다소 불편하더라도 사줬어야 하지 않았을까. 나 아니라도 누가 하겠지 하는 마음이 사랑하는 것을 잃게 만들었다. 관심 소홀로 잃어버린 게 어찌 책방뿐일까. 추억 어린 장소나 건물, 심지어는 사랑하는 사람까지도 늘 거기 있겠거니 믿은 무관심 때문에 놓치게 되는 게 아닐까.

우리가 서로에게
구인이 된다면

　제법 눈다운 첫눈이 오고 나서 열흘은 된 것 같은데도 앞산의 눈이 고스란히 남아 있다. 바라보이는 앞산이 북향인 까닭도 있지만 근래에 드물게 추위가 오래 계속되고 있기 때문일 것이다. 곧 한 해가 가고 한 살을 더하겠구나, 심난한 마음으로 잎 떨군 숲 사이로 발자국이 찍히지 않은 순결한 산등성이를 바라보고 있으려니 시골서 보낸 어린 날의 세시풍속이 아련하게 떠오른다. 그때 우리 마을엔 가까이에 절도 없고, 교회당도 없었다. 다만 고개를 두 개나 넘어야 하는 이웃 마을에 무당집이 하나 있었는데 여러 마을이 다들 그 집 단골이었다. 단골이라고 해서 자주 가는 건 아니고 집안에 특별한 우환이나 걱정이 없다면 1년에 한 번 구정 보름 안에 다녀오곤 했다. 머리에 한두 됫박가량의 쌀자루를 인 아낙네들이 수다를 떨면서 하얀 고개를 넘으면 그건 무당집 행차였다. 나는 그 새해 무꾸리에 곧잘 할머니를 따라가곤 했는데, 동네사람 사는 사정에 빤한 무당은 새해 운수를 점쳐준다기보다는 무탈하고 무병하라는 덕담으로 일관했고, 객지로 나간 자식을 위해서 가는 곳마다 귀인을 만나라고 빌어주곤 했다. 정초에 무꾸리 다음으로 많이 하는 게 토정비결 보기였는데 거기에도 귀인이라는 말이 자주 나왔다. 농촌이 피폐해지면서 살길을 찾아 대처로 나가는 젊은이가 늘어날 때였다. 끼고 사는 식구보다 객지에 나간 자식을 위해 어른들이 귀인을 갈망한다는 건 알고 있었지만, 귀인으로도 들리고 구인으로도 들리는 그 말의 정확한 뜻은 모르고 있었다. 다만 간절하다 못해 비굴하기까지 한 어감으로 봐서 귀하고 높은 사람이려니 했다. 지위가 높거나 돈이 많은 사람의 도움으로 자식의 신상이 편해지고 출세도 할 수 있기를 바라는 구차스럽고 의존적인 마음으로 그런 사람을 귀인으로 높여 부르는 줄 알았다.

그 시절 순박한 사람들이 만날 수 있기를 간절히 소망한 이가 귀할 귀(貴)자 귀인이 아니라 건질 구(救)자 구인이란 걸 안 지는 얼마 안 된다. 구인의 사전적인 의미는 어려운 처지에 있는 이를 돕는 사람으로 돼 있다. 큰 곤경에 처하지 않더라도 일상적으로 누구나 부딪힐 수 있는 타인의 불친절이 우리의 하루를 얼마나 살맛 안 나고 불행하게 하는지 우리는 경험으로 알고 있다. 목숨을 끊는다든가, 자포자기해 돌이킬 수 없는 과실을 저지르는 것도 그 직전에 누군가의 친절한 한마디만 있어도 일어나지 않을 불행인 경우가 대부분이라고 한다. 작은 불친절 때문에 지구를 떠나고 싶도록 참담해지기도 하고, 내 식구만 챙기는 타인에 대한 무관심 때문에 불빛 은성한 내 집 창문 밑에서 고독한 사람이 얼어죽을지도 모른다. 요새는 마침 구세주 오시기를 기다리는 대림기간이다. 우리가 구세주라고 믿는 예수께서도 우리 가운데 가장 보잘것없는 이가 굶주릴 때 먹을 것을 주고, 목마를 때 마실 것을 주고, 나그네 되었을 때 따뜻하게 맞아주고, 헐벗었을 때 입을 것을 주는 게 바로 당신에게 해준 것과 같다고 가르치셨다. 예수님은 당신을 우리 중의 가장 보잘것없는 사람으로 낮춤으로써 당신은 우리 가운데 계심을, 세상을 구하는 건 바로 너, 바로 나, 우리 한 사람 한 사람이라는 걸 가르치셨다. 우리가 서로에게 구인이 되지 못한다면 구세주는 아무리 기다려도 오시지 않을 것이다.

그리운

침묵

그건 말이 아니라 침묵이 터뜨린 폭죽이었다.
침묵이 피워낸 꽃이었다.

내 생애에서
가장 긴 8월

7월 하순경 어느 무덥던 날, 집 안에서 급하게 전화를 받으러 가다가 방바닥에서 미끄러졌다. 그때 팔목을 짚은 게 몹시 아프더니 다음 날 퉁퉁 부어오르고 통증도 가시지 않았다. 예감에 병원에 가면 꼭 깁스를 해줄 것 같았다. 내 생전에 내 몸에 깁스 같은 건 정말 하고 싶지 않았다. 그런 것 안 하고도 감쪽같이 나아볼 궁리를 했다. 침을 맞으면 그럴 수 있을 것 같다. 신비한 침의 효험에 대해 얻어들은 건 많지만 이 나이가 되도록 한 번도 침을 맞아본 적은 없었다. 다행히 오랫동안 좋은 친구 사이로 지내는 한의사가 한 분 있는데 그분이 침도 잘 놓기로 소문났다는 데 생각이 미쳤다. 침을 맞으려고 처음으로 환자로서 그분의 병원을 찾아갔다. 침은 미리 겁을 먹고 있던 것보다 훨씬 덜 아팠다. 아마 신뢰감 때문이었을 것이다. 그는 내 신뢰감을 배반하지 않았다. 곧 괜찮아질 거라는 장담을 안 해줘서 섭섭하더니만 그날 밤 집으로 전화를 걸어주었다. 정형외과에 가서 엑스레이를 찍어보도록 하라는 거였다.

그가 시키는 대로 했더니 아니나 다를까 팔목이 골절됐다고 했다. 병원에 갈 때는 깁스할 각오를 하고 간 거였지만 부러진 데는 팔목인데 어깨 밑에서 손바닥까지 그렇게 어마어마한 깁스를 해줄 줄은 몰랐다. 하필 오른손이었다. 오른팔을 못 쓰게 되어 가장 아쉬운 것은 밥 먹기였다. 나는 숟갈질처럼 쉬운 건 없는 줄 알고 있었다. 두 살만 돼도 할 수 있으니까. 그러나 그건 내 생각이지 내 왼손의 생각은 그게 아닌 듯했다. 생기긴 오른손하고 똑같이 생겼는데 능력은 영 그게 아니었다. 뭐 하나 제대로 할 줄 아는 게 없었다. 왼손을, 숟갈질을 할 수 있을 때까지 훈련시키는 데 열흘이나 걸렸다. 오른손이 힘 안 들이고 저절로 하던 걸 왼손은 어찌나 억지로 어렵게 하는지 밥 한 공기를 먹고 나면 어깨까지 결릴 뿐 아니라 정신적인 중노동이라도 하고 난 후처럼 뇌에 심한 피로감이 왔다. 왼손이 그렇게 어렵게라도 시키는 대로 하긴 하는 걸 보면 어려서부터 길들였더라면 좀 더 잘할 수 있었겠다 싶어 슬며시 후회하는 마음도 생겼다. 이렇게 왼손을 내가 아닌 남처럼 낯설게 느끼는 건 말을 잘 안 들을 때보다도 약아빠지게 굴 때였다. 식구들이나 친구들하고 같이 식사를 할 때는 젓가락질까지도 곧잘 하던 왼손이 혼자 할 때는 밥만 겨우 숟가락으로 떠먹고, 김치고 나물이고 생선이고 마구 손가락으로 집어다 먹어대는 것이었다. 나도 모르게 어느 틈에 하는 짓이니 남의 일처럼 낯설게 여겨질 수밖에 없었다.

왼손도 나를 낯설어하고 있었다. 양손으로 하던 세수를 왼손 혼자서 하니까 내 얼굴이 내 얼굴 같지가 않았다. 나는 내 얼굴이 아주 작은 줄 알았다. 남들도 내 얼굴이 작다고 그랬고, 거울로 보기에도 그랬다. 그러나 왼손이 느끼는 내 얼굴은 어디가 어딘지 모를 만큼 넓었다. 머리는 또 왜 그렇게 숱이 많고 길게 느껴지는지 양손으로 감을 때보다 몇 곱절의 시간과 공을 들였건만 거울을 보면 한두 군데는 꼭 허연 비누거품이 남아 있었다. 그러니 목욕할 때 힘든 건 말해 무엇 하겠는가. 복중에 할 짓이 아니었다. 시도 때도 없이 신경질이 나고 하는 일 없이 몸은 녹초가 되었다. 시간은 흐르지 않고 내 주위에 늪처럼 고여서 썩어가고 있는 것처럼 하루는 지루하고 무의미했다. 잘 때라도 편안했으면 좋으련만 잠자리에서는 깁스한 오른팔이 문제였다. 직선도 직각도 아닌 어중간한 각도로 고정시켜놓은 깁스를 낮 동안은 배 위에 매달아놓고 지냈다. 그게 가장 편했다. 그러나 잠자리에서 깁스한 팔을 배 위에 얹고 있으면 내 꼴이 영락없이 시멘트 기둥 밑에 깔린 꼴이 되었다. 실지로 옅은 잠만 들면 시멘트 기둥 밑에 깔려서 죽자구나 버둥대는 꿈을 꾸었다. 어찌어찌 힘들게 옆으로 누우면 시멘트 기둥을 끼고 자는 꼴이 되었다. 그건 섬뜩하고도 끔찍한 일이었다. 시멘트 기둥과의 피할 수 없는 동침은 잠자는 동안도 나를 비참하고 불행하게 했다. 이렇게 불편하게 지내는 내 꼴을 본 사람이 해준 위로의 공통점은 그래도 다리를 다친 것보다는 낫다는 소리였다. 나도 물론 그렇게 생각한다. 내 생전에 깁스는 안 하고 싶었던 것처럼 죽는 날까지 화장실은 내 힘으로 가고 싶은 게 간절한 소망이니까. 불행한 일을 당했을 때 더 불행한 경우를 가정하고 위로받는다는 것은 치사하지만 가장 효과적인 자위의 방법이다. 그러나 다리는 자유로웠음에도 불구하고 팔에 깁스를 하고 있는 동안 나는 거의 외출하지 않고 집에 틀어박혀서 지냈다. 내 꼴을 보이는 게 창피하기도 했지만 한쪽 팔이 자유스럽지 못하면 걸음도 정상적으로 걸을 수 없다는 걸 알았기 때문이다. 걷는 데도 다리 말고 몸의 균형을 잡아주는 날개 같은 게 있어야 한다. 양팔의 적절한 운동이 그 날개의 역할을 해주어야 하는데 그게 안 되니 뒤뚱거리고 넘어질 것만 같았다. 무료하기 짝이 없는 시간을 보내면서도 성한 다리조차 제대로 활용하지 못하고 소외시킬 수밖에 없었다. 협

동의 관계가 깨진 곳에 소외가 생긴다는 건 인체도 사회와 다름없다는 생각이 든다.

이제는 깁스한 지 한 달이 넘으니까 왼손만 가지고도 거의 못하는 게 없게 됐다. 숟갈질도 잘할 뿐 아니라 글씨도 잘 쓴다. 오른손으로 쓴 것보다 더 또박또박 알아보기 쉽게 쓴다. 컴퓨터 자판을 두드리는 건 속도만 더딜 뿐 글씨 쓰기보다 훨씬 힘도 덜 든다. 지금 같아서는 왼손 혼자서 뭐든지 다 할 것 같지만 오른손과 왼손이 서로 도와가면서 하던 일은 역시 안 된다. 빨래나 걸레를 짜는 일, 바느질, 드라이어로 머리 말리는 일, 매일매일 쏟아져 들어오는 우편물에서 비닐포장이나 비닐테이프를 뜯어내고 재활용할 수 있는 종이와 비닐 코팅한 종이를 분류해서 차곡차곡 빈틈없이 쟁여놓는 일 등이 한 손으로는 제대로 할 수 없는 일이다. 특히 쓰레기를 수거하기 좋게 분류하는 일은 힘도 들고 손이 많이 가는 일이라 할 때마다 지겨워하면서 싫은 소리를 했었다. 식구 중 누구도 내 마음에 들게 쓰레기를 분리할 수 있는 식구가 없어서 할 수 없이 내가 그 일을 하는 것이지 좋아서 하는 건 아니라고 생각했다. 그러나 지금 가장 하고 싶은 게 그 일이다. 어서어서 그 일이 하고 싶어 좀이 쑤신다. 그게 마치 내 평범한 일상을 빛낸 가장 보람 있는 취미생활이었던 양. 아마 깁스하고 있는 동안이 더 오래간다면

그것까지 하게 될지도 모른다. 처음엔 무용지물처럼 여겨지던 깁스한 팔이 왼손이 어설프게 무슨 일을 할 때마다 적절한 도움을 주고 있다는 걸 느낄 때 신기하다. 이 정도라도 적응을 할 수 있었던 것은 시도 때도 없이 치미는 짜증을 이겨낼 수 있었기 때문인데 그것도 나 혼자서 이겨낸 게 아니었다.

　나는 매일같이 어떤 사람을 생각했다. 그의 웃는 얼굴, 일하는 모습, 씩씩한 행동, 그가 만든 옷, 그가 염색한 빛깔, 그가 그린 그림을. 그는 장차 화가가 되기를 꿈꾸던 소녀 시절 불의의 사고로 오른팔을 잃었다. 그러나 그는 보통 여자들이 다 하는 결혼도 하고 아이도 낳아 잘 길렀을 뿐 아니라 화가도 되고 천연염색가도 되고 한복을 획기적으로 개량한 디자이너도 되었다. 하나같이 손이 많이 가는 일만 골라서 하고도 독보적인 경지를 이루고 세속적인 성공도 했다. 그가 나를 도와줬다는 걸 그는 알까. 아마 모를 것이다.

그리운
침묵

지난 한 해는 참으로 시끄러웠다. 대선 때문인지 특히 하반기가 그러했고, 투표하는 날이 들어 있는 12월에 이르러서는 도처에서 부글부글 끓어 넘치는 말의 홍수 속에서 귀가 먹먹해진 나머지 마침내 내 정신이 내 것인지 남의 것인지도 잘 분간이 안 되는 지경까지 가고 말았다. 그렇게 뒤죽박죽 뒤숭숭한 가운데 대림절 판공성사를 봐야 할 날이 다가오고 있었다. 20년 가까이 천주교 신자로 살아왔지만 아직도 가장 자신 없는 게 판공성사다. 안 봐도 꺼림칙하지만 보고 나서 개운해지는 것도 아니다. 아주 큰 죄를 알아냈다고 해서 그런 큰 죄가 신부님이 주신 보속 정도로 사하여질 것 같지도 않고, 이 나이까지도 되풀이하는 일상적인 사소한 잘못은 고백해봤댔자 또 저지를 게 뻔한데 왜 꼭 해야 하는지 초보자와 다름없는 의문을 갖게 된다. 특히 작년 같은 경우는 말, 말, 말에 넌더리가 난 나머지 스스로 생각해낸 말도 진짜인지 가짜인지 알맹이인지 거품인지 확신이 안 섰다.

그럼에도 불구하고 판공성사를 외면하거나 대충 엉터리로 치르고 나면 죄의식 같은 걸 느끼게 되는 건 반성 없는 삶에 대한 역겨움 때문일 것이다. 고백성사에서 중요한 건 말이 아니라 그런 말이 우러나기까지의 반성의 시간이 아닐까. 반성을 하려면 마음이 고요해야 한다. 우리에겐 고요할 시간이 너무 부족하다. 굳이 대선기간을 예로 들지 않더라도 우리는 말의 홍수 속에서 산다. 어떤 날은 할 일을 산더미처럼 쌓아놓고 온종일 전화통화로 소일할 적도 있다. 전화통화 아니라도 집구석 어딘가에서 라디오 아니면 텔레비전 소리가 들리고 식구들의 통화 소리도 들린다. 각각 휴대폰을 가지고 있으니까. 내가 아침마다 즐겨 산책하는 호숫가는 동네와 아파트 단지에서 떨어져 있는 호젓한 곳인데도 몇십 미터 간격으로 마이크를 설치해놓고 특정 방송을 틀어주고 있다. 내가 즐겨 이용하는 전철만 해도 그렇다. 전에는 전철이 지하를 통과하는 구간은 내다볼 것도 없고 해서 눈 감고 졸거나 생각을 굴리기에 알맞았다. 가끔 내릴 역을 놓치는 일도 더러 있었지만. 그러나 요새는 전혀 아니다. 사무실을 통째로 옮겨놓은 것처럼 전철 안에서 거침없는 고성으로 온갖 업무를 보는 사람도 있고, 정말 사무실이나 집을 지키고 있는 것처럼 천연덕스럽게 거짓을 꾸며대는 사람도 있다. 친구들끼리 주고받는 막말도 이제는 극에 달한 느낌이 든다. 꼭 저렇게 말해야 친한 사이의 관습인 말을 트는 게 되는 걸까. 그놈의 휴대폰 때문에 그들이 뭐 해먹고 사는 사람이며 어떤 인간성을 지녔는지까지 전철 안처럼 여실히 드러나는 곳도 없이 돼버렸다. 본의 아니게 연인 사이의 밀어나 험악한 부부 싸움을 엿듣게 되는 것은 그래도 재수가 좋은 편이다. 이 나이에도 남자와 여자 사이의 대화에는 귀가 쫑긋해지는 속된 호기심을 가지고 있으니까.

고요할 수 있는 시간이 그리울 때마다 생각나는 곳이 있다. 8년 전쯤 된다. 선교국으로부터 「서울주보」에 '말씀의 이삭'을 집필해달라는 청탁을 받았다. 신부님 말씀을 거역하는 건 평신도로서 용기라기보다는 배짱을 요하는 일이다. 그러나 그 원고를 쓰는 것은 더욱 겁나는 일이었다. '말씀의 이삭'은 그 주일의 복음 말씀을 묵상하면서 써야 하는 글이다. 비록 원고지 다섯 장 정도의 짧은 글이었지만 일주일 내내 무슨 복음 몇 장 몇 절에서 몇 장 몇 절까지의 말씀에 사로잡혀 있어야 할 것 같고 그래봤댔자 순수하고 깊은 신앙이 없이 좋은 글이 나올 리 없다는 건 자명한 이치였다. 신앙뿐 아니라 천주교라는 종교에 대한 지식조차 얕은지라 신앙의 선배나 성직자로부터 책잡힐 글을 쓰게 될지도 모른다는 두려움도 컸다. 또 이런 일은 아무리 잘해봐야 문단에서는 전혀 알아주지도 낯도 안 나는 일이다. 그 일을 3년씩이나 해야 된다니, 어떻게 망설이지 않을 수가 있겠는가. 내가 망설이기만 하자 선교국 수녀님이 나에게 피정을 권유했다. 하루 피정도 아니고 열흘이 넘는 피정이었다. 수녀님의 권유는 거의 강권에 가까웠고 나도 일일 피정은 한두 번 해본 것 같지만 그런 오랜 피정은 처음이기 때문에 호기심 같은 게 동했다. 가보니 어떤 수도회 수녀님의 단체 피정에 평신도는 나 혼자 끼어들게 된 거였다. 열흘 동안 서로 한마디도 안 하는 침묵의 피정이었다. 지도 신부님도 계셨고, 수녀님은 수도회의 규칙이 있으니까 서로 말은 안 하더라도 신부님과 개별상담도 하고 성사도 볼 테지만 나에겐 그런 의무도 없는 것 같았다. 나는 정해진 시간에 미사 보는 것 말고 한마디도 안 하고 열흘을 지냈지만 조금도 심심하거나 지루하지 않았다. 침묵이 그렇게 평화롭고 감미로운지는 처음 알았다. 하루 세 끼 식사시간에는 식당에서 각자 정해진 원탁에 둘러앉아 식사를 하는데 그때도 한마디도 안 한다. 그래도 식사는 그렇게 맛있을 수가 없고, 말 대신 표정으로 지은 친애감은 푸근하고도 살가웠다. 갈아입을 내복밖에 안 가지고 들어갔기 때문에 내 독방에 읽을거리라고는 성경밖에 없었다. 부끄럽지만 나는 그때 처음으로 구약을 통독했고, 이미 여러 번 읽어서 충분히 알고 있다고 생각한 신약을 다시 읽고 또 읽으면서 처음 읽는 것처럼 새롭게 다가오는 구절이 얼마나 많은지 깜짝깜짝 놀라곤 했다. 신선한 놀라움, 메마른 마음에 촉촉이 스미는 듯한 기쁨이었다. 눈이 피곤하면 동네를 산책했다. 전형적인 농촌이어서 더러는 빈집도 있었다. 나처럼 산책 나온 수녀님과 만날 적도 있었다. 그러나 미소만 교환할 뿐 암말 안 하고 스쳐 지나가곤 했다. 초겨울이었다. 김장도 끝난 들판은 황량했지만 파밭은 푸르렀고, 가장자리만 살얼음이 진 시냇물은 햇빛을 잘게 부수며 유쾌한 소리를 내어 흐르고 양지짝에는 봄을 착각한 건지 얼어붙었다가 다시 살아난 건지 냉이나 씀바귀 비슷한 이파리들이 군데군데 검푸르게 깔려 있었다. 들판의 모든 것들, 시방 죽어 있지만 곧 살아날 것들, 아직 살아있지만 곧 죽을 것들, 사소한 것들 속에 깃든 계절의 엄혹한 순환, 그런 것들이 하나하나 나에게 말을 거는 것 같았다. 침묵으로 말씀하시는 분이야말로 신이 아닐까. 그런 생각이 전율처럼 나를 흔들었다. 지금까지도 그때 생각을 하면 포근하고 평화롭고 경건한 것에 대한 그리움이 향수보다도 깊게 우러나는 걸 느낀다. 내가 피정 갔던 그 마을에 반해 거기다 여생을 보낼 집을 마련한 고교 동창이 있어서 근래에도 거기를 다녀올 기회가 1년에 두세 번은 있다. 내가 좋아하는 동네에 마지막 둥지를 튼 친구의 선택을 탁월하다고 여기고 있지만 그때의 그 깊은 평화를 다시 맛보지는 못했다. 그건 어떤 특정지역이 주는 혜택이 아니라 침묵만이 줄 수 있는 은총이었기 때문이라고 생각한다. 그러나 인간은 역시 말로 소통하도록 창조되었다. 피정이 끝나는 마지막 날 점심시간 마침내 침묵의 계율이 풀렸다. 그동안 아무도 침묵을 갑갑해하거나 말할 수 있는 시간을 그리워하지 않았건만 혀가 풀리자 식당 안은 마치 폭죽이 터진 것 같았다. 웃고 떠들고 노래 부르고 포옹했다. 그건 말이 아니라 침묵이 터뜨린 폭죽이었다. 침묵이 피워낸 꽃이었다. 백화난만한 꽃밭. 침묵은 결코 우리를 가두지 않았건만 우리는 해방감을 느꼈다. 만약 갇혀 있었다면 결코 그런 해방감을 못 느꼈을 것이다. 침묵이란 지친 말, 헛된 말이 뉘우치고 돌아갈 수 있는 고향 같은 게 아닐까.

도대체 난
어떤 인간일까

며칠 전 중국의 황산(黃山)이라는 데를 다녀왔다. 우연히 발목을 접질린 게 회복이 안 된 상태여서 등산을 겸한 여행에 따라간다는 게 내키지 않았으나 같이 가기로 한 젊은 일행이 나 같은 늙은이 하나쯤은 업고 갈 수도 있다고 장담하는 바람에 못 이기는 척 따라나섰다.

황산은 상해에서 비행기로 한 시간도 채 안 걸리는 안후이성(安徽省)에 있는 표고 1천 8백 미터의 산이었다. 그 정도의 높이로는 중국이라는 광대하고 변화무쌍한 지형에서 높은 산이라 할 수 없을지도 모르지만 봉우리마다 기암괴석이고 소나무가 울창해 예로부터 10대 명산으로 꼽는다고 했다. 운해(雲海)는 특히 장관이었다. 황산은 1년 중 며칠만 빼고는 줄창 허리에 구름을 두르고 있어 산 아래에서는 그 봉우리들을 볼 수 없지만 일단 구름층을 뚫고 올라가면 청명한 하늘 아래 망망히 펼쳐진 구름바다 위로 각양각색의 기암괴석들이 떠 있는 것처럼 보인다. 구름바다가 산 아래 속세를 완전히 차단해주기 때문에 신선이 되어 천상에 오른 듯한 착각을 불러일으킨다. 구름바다에 떠 있는 수많은 기기묘묘한 봉우리들을 보기 위해서는 정상 가까이까지 올라가야 하는데 다행히 가장 가파른 코스는 케이블카를 운행하고 있었고, 케이블카 정거장까지는 포장도로가 나 있어서 차로 갈 수가 있었다. 거의 수직처럼 느껴질 만큼 가파르게 상승하는 케이블카가 구름층을 통과하기 전에는 아래로 꼬불꼬불 한없이 꼬부라진 등산로가 빤히 내려다보인다. 등산로는 단단한 돌계단으로 돼 있는데 케이블카로 10분 미만에 오를 수 있는 거리가 건강한 다리로도 서너 시간은 족히 걸린다고 한다. 우리가 간 게 11월 하순 비수기였는데도 케이블카를 줄서서 기다려야 할 만큼 만원이었고, 그 가파른 등산로에도 끊임없이 사람의 왕래가 이어지고 있었다. 자세히 보니 보통 등산객하고는 달랐다. 무언가 짐을 져 나르는 사람들이었다. 긴 막대기를 어깨에 걸치고 막대기 양쪽 끝에 짐을 매달고 개미처럼 서둘지도 쉬지도 않고 움직이고 있었다. 황산의 관광호텔은 거의 다 운해를 감상하기 적절한 높이에 위치해 있다. 그러나 거기까지 갈 수 있는 길은 돌계단밖에 없다. 두 다리 아니면 케이블카뿐, 바퀴로 구르는 건 리어카도 다닐 수가 없다.

　가이드의 설명에 의하면 산 위에는 4성급 호텔이 여럿 있는데, 요금만 5성급을 능가할 뿐 시설은 형편없으니 양해하라는 것이었다. 왜냐하면 개미처럼 줄을 이어 움직이고 있는 게 다 호텔에서 쓰는 소모품을 나르는 행렬이고 소모품뿐 아니라 세탁물이나 쓰레기도 같은 방법으로 오르고 내리기 때문에 인건비가 엄청나다는 것이었다. 그럼 호텔을 지을 때는 어떻게 지었느냐고 물었더니 온갖 건축자재를, 심지어는 철근까지도 사람의 힘으로 날라다 썼다고 했다. 세상에 그까짓 운해가 뭐길래 사람들에게 그 고생을 시키다니, 나는 내 관광이 잔혹행위만 같아서 아무런 사전지식 없이 따라나선 걸 후회했다. 그러나 케이블카에서 내리니 더 기막힌 일이 기다리고 있었다. 호텔까지 2킬로는 더 걸어야 하는데 역시 만만치 않은 돌계단길이었다. 부실한 한쪽 발목으로 평지는 그럭저럭 견딜 만했으나 오르막이고 내리막이고 계단은 질색이었다. 나 혼자서라도 케이블카 타고 평지로 되돌아가야 할 것 같았다. 그러지 않아도 된다고 가이드가 나를 위로했다. 나 같은 관광객을 위해 케이블카 정거장에서 멀지 않은 곳에 가마꾼들이 대기하고 있었다. 대나무로 된 들것 같은 가마였다. 앞뒤로 두 사람이 들게 돼 있었다. 별수 없이 타긴 탔지만 걸어가는 사람들 보기 창피하고 가마꾼들한테도 못할 노릇을 하고 있는 것 같아 앉은 자리가 조마조마했다. 거기서 아는 사람을 만날 리가 없는데도 꼭 누구한테 들킬 것만 같아 챙 달린 모자를 깊이 눌러쓰고도 선글라스로 얼굴을 가렸다. 가이드가 흥정한 가마삯은 중국 돈으로 4백 원이었다. 그 값이 비싼지 싼지도 모르는 채 가마꾼이 없었으면 난 어쩔 뻔했나 싶은 마음만 가득해, 거저로 큰 신세를 지는 것과 다름없이 고맙고 미안하고 그랬다. 4백 원에 얼마쯤 더 얹어주고 싶었지만 곧 뒤따라온 가이드가 직접 주지 못하게 돈을 낚아채더니 나 안 보는 데로 데리고 가서 지불하고 돌아왔다. 아마 몇 푼 떼어먹었지 싶어 불쾌하고 언짢았다.

　호텔은 소박하고 시간을 보낼 만한 위락시설도 없었지만 모든 걸 사람 몸으로 날랐다고 생각하니 타월이나 휴지 같은 것도 마음대로 못 쓰겠고, 맛없고 비싼 음식값에도 불평이 안 나왔다. 우리가 묵은 호텔 앞에 또 다른 호텔을 신축 중이어서 건축자재를 나르는 모습을 직접 눈으로 확인할 수가 있었다. 철근은 열 개 미만을 한 묶음으로 해서 어깨에 그냥 메고 오는데 어깨와 닿는 부분에 두툼한 헝겊을 대고도 많이 배기는 듯한 손에 든 막대기를 지렛대 삼아 철근의 무게를 들썩거려주고 있었다. 그런 무거운 짐은 아무리 힘이 장사라도 하루 한 행

보밖에 못한다고 했다. 그렇게 지은 호텔이라고 생각하니 호텔을 이용하는 데도 죄의식을 느낄 판이었다. 그런 나를 가이드가 차갑게 비웃었다. 이 나라에서 그 높이까지 찻길을 닦을 기술이 모자라서 길을 못 닦는 게 아니라 고용창출을 위해 일부러 안 닦는 것이니까 저 사람들을 위할 마음이 있으면 될 수 있는 대로 물건도 헤프게 쓰고 침대 시트도 마구 더럽혀서 일거리를 많이 만들어줘야 한다는 것이었다. 나는 내 안의 휴머니즘이 조소를 당한 것 같아 기분이 머쓱해졌다. 산을 내려오는 날도 내 발목은 낫지를 않아 케이블카 있는 데까지 또 가마를 타야 했다. 나는 가마삯에서 제 몫을 떼어먹는 가이드가 싫어서 단호하게 내가 흥정하고 내가 돈을 지불할 테니·따라오지 말라고 했다. 내가 직접 흥정을 했는데도 역시 4백 원이었다. 그러나 가마꾼이 두 명 더 붙어서 네 명이 교대로 가마채를 잡는 거였다. 교대를 하는데도 얼마 못 가서 숨을 몰아쉬고 땀을 닦으면서 갖은 엄살을 다 부렸다. 철근을 나르는 것까지 봤으니까 둘이서 50킬로짜리 내 체중을 운반하는 것은 식은 죽먹기로 보이건만 그들은 온갖 죽는 시늉을 다 했다. 결국 나는 4백 원에다가 네 사람분의 팁까지 지불해야 했다. 귀국길에 들른 큰 도시에서 물건도 사보고 택시도 타보고 하면서 그 땅에서 4백 원이 얼마나 큰돈인가를 알게 되자 더욱더 혼란스러워

그리운 침묵

졌다. 그 사람들이 나를 속여먹었다고 해도 내가 입은 물질적 손해가 얼마나 된다고 난 가이드도 가마꾼도 혐오스러웠고, 더 정떨어지는 건 나 자신이었다. 나는 약점투성이고 의를 위해 위험을 무릅쓸 용기 같은 건 감히 꿈도 못 꿔본 소인이지만 그래도 내가 나를 아주 경멸하지 못하는 것은 내가 휴머니스트라는 믿음 때문이었다. 그러나 그게 아닌 모양이다. 나는 내가 나쁜 사람인지 좋은 사람인지도 잘 모르겠다. 우리나라엔 많은 외국인 노동자들이 와 있고, 그들에 대한 우리의 비인도적인 대우가 거론될 때마다 나는 분개해 마지않았고 창피해서 어쩔 줄을 몰랐다. 겨우 그런 마음 때문에 나는 나에게 인종차별적인 생각이 전혀 없는 줄 알았다. 그러나 만약 그들에게 우리나라 근로자와 동등한 봉급을 줘야 한다는 주장이 나온다면 과연 내가 선뜻 동의할 수 있을까. 못할 것 같다. 고작 그 정도가 내 휴머니즘의 한계다.

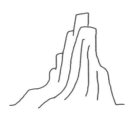

좋은 일 하기의
어려움

　해가 바뀐다든가 몸이 곤곤할 때면 머릿속으로 이것만은 지켜야지, 이것만은 하지 말아야지 심각하게 다짐을 하는 버릇이 있다. 방학하는 날 계획표 같은 걸 벽에다 써붙여놓아야 안심하고 씩씩하게 나가 놀던 어릴 적 버릇인 듯싶다. 노년에 들어서면서 해마다 하게 되는 결심은 일기를 쓰자, 라는 건데 아직도 1년을 꽉 채운 일기장이 없다. 그래도 한두 달에서 서너 달, 반년을 넘긴 일기장으로 차차 쓴 기간이 길어져가는 걸 보면 대견하다기보다는 건망증에 대한 두려움을 반영한 것 같아 쓸쓸해지곤 한다. 건망증에 대한 두려움보다 더 서글픈 것은 이 세상에 태어나서 남을 위해 좋은 일 한 게 하나도 없다는 것이다. 사회정의를 위해 일신의 안일을 희생한 적도 불우한 이웃을 위해 큰돈을 쾌척한 적도 없다. 기껏해야 남에게 폐나 안 되게 살려고 전전긍긍 옹졸하게 살았다. 마음으로 할 수 있는 남의 슬픔조차 나누기보다는 나의 슬픔을 위로하는 데 써먹곤 했다. 죽음 저편에 심판이야 있건 없건 생과 사의 경계를 건너야 하는 일은 무섭다. 조금이라도 덜 무섭게, 조금 더 욕심을 부려 편안하게 건너고 싶다면 죽음 자체는 엄혹한 심판일 것이다. 비록 이 세상을 이롭게 하는 일은 못했을망정 해라도 덜 끼쳐야지 작심하게 된 것도 그런 마음 때문이었을 것이다.

　같이 살던 아이들을 내보내고 홀로 생활하게 되면서 직접 하게 된 일 중 가장 어려운 게 쓰레기 처리였다. 혼자서 이렇게 많은 쓰레기를 배출하게 되니 이 많은 인구가 배출하는 쓰레기는 다 어디로 갈까, 국토가, 지구가 신음하는 게 몸으로 느껴져 진저리가 쳐지면서 내 쓰레기라도 줄이자, 작심을 했다. 뭐든지 작심을 하고 실행에 옮긴다는 건 그만큼 고생길에 들어서는 일이다. 분리수거를 하기 위해 상품을 포장했던 상자에 부착된 스카치테이프나 끈을 떼어내고 속포장을 한 스티로폼을 따로 빼고 남은 상자를 판판하게 만들어 부피를 줄이려면 요새 상자는 왜 그렇게 튼튼한지 여간 힘에 부치는 게 아니다. 접착력이 강한 넓은 스카치테이프로 봉투 위에 또 하나의 봉투를 입힌 것 같은 우편물도 적지 않다. 사실 이런 과잉 포장은 내 뜻대로 안 되는 우편물이나 선물로 들고 오는 것들이다. 쓰레기에 신경을 너무 쓰다 보면 누가 딸기를 한 상자 들고 와도 딸기를 먹을 생각보다는 딸기 몇 배의 포장을 처리할 일이 버겁게만 느껴진다. 선물이 선물로 보이지 않고 쓰레기로 보인다. 가장 부담이 안 되는 꽃 몇 송이도 요즈음은 10리터 쓰레기봉투가 모자랄 정도의 겹겹으로 부풀린 망사치마를 두르고 있다. 분리했을 때 산더미만 해질 것을 생각하면 과대포장 안 하기 운동에 나서고 싶은 충동을 느끼게 된다. 그러나 만약 그 운동이 성공하면 포장업체는 다 망하고 말 테니 안 되겠구나, 망사치마 두른 꽃다발 안 받기 운동을 한다면 망사 만드는 업계도 그렇고 그런 솜씨를 가진 꽃집 아가씨도 실직을 할 테니 그것도 안 되고, 이런 식으로 체념을 해가는 것도 내 나름으로 습득한 자본주의 공부인지도 모르겠다.

지어먹은 마음이 아니라 저절로 오랫동안 지켜온 절약정신이 하나 있는데 그건 음식물은 버려서는 안 된다는 거였다. 어려서부터 농사짓기의 어려움과, 곡식으로 된 것은 쉰밥도 버리지 못하고 씻어 먹는 걸 보아온 데서 비롯된 원초적인 죄의식 때문일 터이다. 내 몫은 남의 집에서도 남기지 않고 다 먹어치우고, 손님을 치르고 남은 음식도 다 거두어 몇 날 며칠을 그것만 먹다가 다 먹은 후에야 새 음식을 만드는 버릇 때문에 자식들한테 구박도 많이 받았다. 엄마 몸이 쓰레기통인 줄 아느냐는 혹독한 소리까지 들었다. 자식들이 그러건 말건 그 버릇만은 좋은 버릇인 줄 알았는데 이참에 고쳐야 할 것 같다. 화면이 그 끔찍함을 극대화해서 보여준 탓도 있었겠지만 만두소 만드는 과정을 보고 욕지기가 치밀면서 저런 사람 중 대표적인 한 명 정도는 극형에 처해야 한다는 살의에 가까운 혐오감을 느꼈다. 그리고 먹는 거라면 절대로 버려서는 안 된다는 신념을 가진 이 늙은이를 자식들이나 손자들이 창피스러워한 나머지 죽는 날이나 기다리게 될지도 모른다는 생각이 들었다. 남은 음식은 지딱지딱 버리고 새로 사 먹는 게 젊은 사람 마음에 드는 일도 되고 농사짓는 사람을 이롭게 하는 일도 된다는 걸 이제야 알았으니 내 자본주의 공부는 끝도 없어라.

야무진
꿈

사는 일에 지쳤을 때 훌쩍 떠나는 데가 있다. 훌쩍이란 말을 쓸 정도로 가깝지도 않고 교통편도 좋지 않은 네팔이란 나라를 그렇게 친근하게 느끼는 것은 아마 그곳 사람들의 선하고 편안한 표정과 나 따위가 감히 정복할 엄두를 낼 수 없는 장엄한 히말라야의 은빛 연봉 때문일 것이다. 그곳에서의 트래킹은 운동 삼아 하는 걷기하고도 등산하고도 다르다. 국토의 대부분이 산악지대여서 2천 미터가 넘는 고지까지도 개간을 해서 농사를 짓고 있다. 직립(直立)에 가깝게 경사가 급한 산지를 개간했기 때문에 우리의 다랑이논보다도 폭이 협소하여 위에서 내려다보면 지도에 그려넣은 등고선처럼 보인다. 농지가 있으니까 농가도 있지만 몇 호 안 되는 마을도 옆으로가 아니라 상하로 발달되어 있다. 트래킹 코스는 그런 농지와 마을을 거치게 돼 있다. 가파르지만 않다면 논밭에서 자라는 작물이나 심심할 만하면 나타나는 마을이 우리 옛날 농촌의 나그네 길과 다를 것이 없다. 어디까지 도달해야 한다는 강박관념이 없기 때문에 무리해서 걷지 않아도 되는 것 역시 내 성미에 맞는다. 안나푸르나를 향해 온종일 걸어도 다음 날 아침에 바라보면 그 아름다운 봉우리는 내가 가까이 간 만큼 물러나 있다. 정상 언저리에서 눈보라가 이는 것까지 앞산처럼 지척으로 보이지만 내 생전에 거기 도달할 수 없다는 걸 왜 모르겠는가. 경사가 급하기도 하려니와 위대한 것을 감히 내 발로 밟아보려는 욕심이 없기 때문에 저절로 쉬엄쉬엄 걷게 되고 그러다 보니 거치게 되는 마을의 이 집 저 집을 마실이라도 온 듯 기웃대도 그만이다. 봉당 비슷한 부엌의 단순 소박한 살림살이가 한눈에 들어오는 것도 어릴 적의 우리 시골의 농가와 다르지 않다. 그러나 영양실조의 씻지 못한 어린이가 흙바닥에서 뒹구는 걸 보면 오직 가파르고 척박한 산지에다 짓는 농사에 생존을 의지해야 한다는 게 얼마나 고통스러운 것인지를 절감하게 된다.

금년에 그 땅을 다시 밟았을 때였다. 새벽녘에 그 고지 마을에서도 학교 가는 아이가 있다는 걸 발견하고 가슴이 울렁대는 감동을 맛보았다. 산뜻한 교복과 다 자란 키로 봐서 초등학생은 아니었다. 남학생도 있었지만 여학생도 있었다. 여학생의 깨끗한 운동화와 흰 목양말과 건강한 종아리가 눈부셨다. 그 나라에도 물론 도시에는 학교도 있고, 스쿨버스까지 다니고 있는 걸 보았지만, 두 다리 외의 교통수단이 없는 고지의 농촌에서 그런 대처의 학교까지 가려면 젊은 건각으로도 두세 시간은 보통이라고 한다. 남존여비가 더 많이 남아 있을 수밖에 없는 저개발국에서 아들도 아닌 딸을 저 정도로 가꾸어 학교에 보내려면 본인의 각오도 비상해야겠지만 그 어머니의 노고는 도대체 얼마만 한 것일까. 그건 엄마들이 딸에게도 꿈을 가지기 시작했다는 생생한 증거였다. 나는 엄마들이 아들에게거는 기대는 한 집안의 이익과 노후대책을 바라는 지극히 이기적인 것인 데 비해 딸에게는 이 세상을 바꾸기를 바라는 더 원대한 꿈을 건다고 믿고 있다. 내 어머니가 척박한 환경에서도 딸에게 최고의 교육을 시키면서 귀 따갑게 하신 말씀이 '너는 나 같은 세상 살지 마라'였기 때문이다. 그게 바로 세상을 바꾸라는 비원이 아니고 무엇이랴.

우리나라에서도 어머니들이 딸에게도 꿈을 가지고 교육을 시키기 시작한 이래 남성의 독무대로 돼 있던 각계각층의 전문직 분야에 여성의 진출이 두드러지게 되었다. 이번 국회가 종전의 국회와 두드러지게 다른 점도 의원의 연령이 대폭 젊어졌다는 것과 여성 의원의 증가라고 한다. 걱정도 팔자인 노파심인지는 모르지만 경험 없는 젊은 초선 의원의 대거 진출이 썩은 정치판에 신선한 바람을 불어넣으리라는 기대보다는 오만불손하고 객기 넘치는 말잔치나 구경하게 되면 어쩌나 미리 넌더리부터 나려고 한다. 그러나 그런 번드르르한 말잔치의 시초에 불과할지도 모르는 상생과 화해의 정치를 하겠다는 승자의 변이 솔깃하게 들린 것은 무슨 까닭일까. 아마도 각 당에 고루 분포된 여성 의원들 때문이었을 것이다. 상생과 화해의 정치의 실현성을 아직은 극소수인 여성 의원에게 건다면 꿈도 야무지다 하겠으나 정말이지 간곡한 마음으로 빈다. 여성 의원들이여, 국회를, 네가 죽어야 내가 사는 걸로 돼 있는 그 고약한 정치판을 한번 확 바꿔보라고.

운수
안 좋은 날

아침 신문을 뒤적이다가 원로배우 백성희의 사진이 크게 난 것을 보았다. 표정은 기사에서 밝히고 있는 연세를 믿을 수 없을 만큼 젊고 품위 있고 당당해 보였지만 손은 보통의 할머니처럼 거칠고 늙어 보였다. 나는 그 사진으로 그의 전체를 본 것처럼 느꼈고 존경하는 마음과 친밀감으로 흐뭇해졌다. 인상적인 손 때문이었을까, 달포도 넘게 지난 전철 안에서 당한 일이 생각났다. 너무 창피해서 내 자식들한테도 안 하고 묻어두었던 얘기다.

노약자석의 내 옆자리에 엄마 손을 잡고 탄 아이가 앉았다. 너덧 살가량 돼 보이는 귀여운 아이가 내 얼굴은 쳐다보지 않고 내 손만 유심히 바라보았다. 그러다가 마침내 말을 걸어왔다. "할머니 손엔 왜 이렇게 주름이 많아?" 당돌한 질문이지만 귀엽기도 해서 성의 있게 대답하려고 노력했다. "넌 내가 할머니인 걸 어떻게 알았어?" "이렇게 주름이 많으니까." "그래 맞았어. 오래 살면 남들이 할머니라는 걸 알아보라고 주름이 생겨. 아줌마나 언니들하고 헷갈리지 말라고." 아이는 쉽게 고개를 끄덕이고는 그다음에는 손등에 푸르게 내비치는 힘줄에 대해서 물었다. "이건 힘줄인데 네 몸에도 있지만 예쁜 살 속에 숨어서 안 보이는 거야. 주사 맞을 때나 필요한 건데 아이들은 주사 맞기 싫어하잖아. 그래서 꼭꼭 숨어 있는데 늙으면 주사 맞을 일도 자주 생기고, 주사 맞는 걸 좋아하니까 자꾸 겉으로 나오나봐." 말대꾸를 해주니까 아이는 계속해서 이것저것 묻고 또 물었다. 나도 계속해서 그런 식으로 대답했다. 우리는 어느 틈에 서로 죽이 잘 맞는다는 걸 느끼고 재미있어하고 있었다. 그쯤 되자 아이는 나하고 충분히 친해졌다고 믿은 것 같다. 다시 내 손에 관심을 보이더니 내가 끼고 있는 반지의 알을 손가락으로 만져보면서 이 반지 나 주면 안 돼? 하고 물었다. 나는 웃으면서 반지를 빼려고 했다. 물론 반지를 그 아이에게 주려고 그런 건 아니다. 그런 어리광을 부려도 될 만큼 그 반지는 아이 눈에도 만만해 보이는 반지였고, 실제로도 비싼 반지가 아니지만 나에게는 추억이 깃든 소중한 건데 아무리 귀엽더라도 오다가다 만난 아이에게 빼주겠는가. 나는 일단 아이

손가락에 끼어보게 할 작정이었다. 끼어보면 보나마나 헐렁할 테고 그러면 이건 네 손가락에 안 맞으니까 네 것이 아니잖니? 하면서 도로 빼 가지면 알아들을 아이지 그래도 막무가내 떼를 쓸 아이가 아니라는 것 정도는 서로 알아볼 만큼 우리는 친해져 있었다. 또 그 반지는 아이들이 좋아하는 반지라는 걸 나는 벌써부터 알고 있었다. 우리 손녀도 어렸을 때 그 반지만 보면 할머니 그 반지 얼마짜리 뽑기에서 뽑았어? 물어보곤 했더랬다. 그때만 해도 동네 문방구점 앞에는 1백 원짜리나 5백 원짜리를 넣고 돌리면 내용물이 빙글빙글 돌다가 동그란 게 하나 굴러 떨어지는 기계가 있었는데 까보면 사탕이나 반지나 열쇠고리 같은 싸구려 장난감이 들어 있곤 했다. 그걸 뽑기라고 했다. 그만큼 아이 눈에 만만해 보이는 반지라는 걸 알고 있었기 때문에 가벼운 마음으로 일단 끼어보게 하려고 했는데 뜻하지 않은 일이 생겼다. 아이 엄마가 아이 팔을 거칠게 낚아채더니 자리를 박차고 일어섰다. 정거장도 아닌데 출입문 쪽

으로 아이를 끌고 가면서 중얼거렸다. 보자보자 하니 나잇살이나 먹어가지고…… 다음 말은 알아듣지 못했다. 나잇살이나 처먹어가지고, 였는지도 모르겠다. 모욕감 때문에 더는 듣고 싶지 않았다. 전동차가 멎자 모자는 황급히 내렸다. 아이가 나를 자꾸 돌아보았지만 나는 그 아이를 웃는 얼굴로 배웅할 수 없었다. 그 역은 실은 내가 내릴 역이었지만 내리지 못했다.

나이가 들면 기억력뿐 아니라 식성, 취미 등에도 유턴 현상 같은 게 일어나 옛날 것만 다 좋은 것 같고 마음이 통하는 것도 우리가 길러낸 삼사십대보다는 어린이가 편하다. 특히 오늘의 주역인 삼사십대의 본데없음과 상상력 결핍은 우리가 저들을 어떻게 길렀기에 저 모양이 되었나, 죄책감마저 들게 한다. 상상력은 남에 대한 배려, 존중, 친절, 겸손 등 우리가 남에게 바라는 심성의 원천이다. 그리하여 좋은 상상력은 길바닥의 걸인도 함부로 능멸할 수 없게 한다.

냉동
고구마

신정으로 차례를 지내고 난 뒤라 냉장고 속이 복잡했다. 정리를 하려고 냉동실 문을 여는데 함부로 처넣은 것들이 무너지면서 돌덩어리 같은 게 떨어지는 바람에 발등을 찧을 뻔했다. 가슴이 덜컹했다. 발등을 찧을 뻔했기 때문이 아니었다. 그건 지난 연말 개성공단에 입주한 공장 준공식에 참석하고 온 소설가 S씨로부터 전해받은 찐고구마였다. 내가 개성사람이라는 걸 안 그가 선죽교 그림과 그 찐고구마를 선물로 보내왔다. 직접 가져온 게 아니어서 자세한 건 물어보지 못했지만 그림은 산 거고, 고구마는 점심식사 후에 후식으로 나온 걸 양해를 구해 싸온 거라고 했다. 그 몇 개의 찐고구마가 나를 목메게 했다. 나는 그걸 차마 먹지 못하고 냉동실에 넣어두었다. S씨가 다녀온 지 며칠 안 돼 그다음으로 완공할 공장 준공식에 참석할 기회가 나에게도 왔다. 나는 언젠가 어떤 지면을 통해 완행열차를 타고 개성역에 내려서 아무의 환영이나 주목도 받지 않고 내 발로 혼자 쉬엄쉬엄 걸어서 고개 넘고 들을 건너 고향마을에 갈 수 없을 바에는 차라리 안 가겠다고 장담한 적이 있다. 그건 내 진심이었을까. 북에 간다는 게 특권이나 특별한 사건이 되는 데 대한 교만한 반발이었을까. 나는 몇 개의 고구마가 개성 땅에서 난 것이라는 추측 하나로 목이 메는 자신이 딱하고 싫었다. 만약 내가 꿈꾸는 외롭고 자유로운 귀향이 내 생전에 가능하다고 믿는다면 저승사자가 다 웃을 일이 아닌가. 짐짓 무관심한 척했던 고향 방문의 기회를 이번에는 놓치고 싶지 않았고, 염불보다는 잿밥이라고, 준공식보다는 그 후로 예정된 개성시내관광에 더 마음이 가 있었을 것이다.

첫추위가 몰아닥친 날 처음으로 육로로 군사분계선을 넘어 개성공단에 도착했다. 준공식은 성대하고 감동스러웠고, 점심식사는 남한식으로 진수성찬이었고, 후식으로 고구마는 나오지 않았다. 개성관광은 개성 시내가 마침 도로공사 중이라고 취소되었다. 나는 산과 언덕을 깔아뭉개고 정지 작업 중인 몇백만 평의 허허벌판밖에 보지 못하고 돌아왔는데도 그 후 개성사람이라는 이들로부터 많은 전화를 받았다. 일면식도 없는 사람이 다만 동향이라는 이유로 스스럼없이 전화를 걸어 나를 부러워하며 이것저것 물었다. 자기는 어느 면에 살던 아무개인데 하면서 주로 그 근방의 자연을 궁금해했다. 진봉산을 보았느냐, 덕물산을 보았느냐, 야다리는 어떻더냐, 등등. 나는 그것들을 보진 못했지만 그 이름의 이미지를 공유하는 것만으로 그들에게 한없는 친밀감을 느꼈다. 개성이 서울에서 너무도 가깝기 때문인지, 개성이라는 땅의 기(氣)가 특별히 센 건지, 아무튼 개성 사람들의 고향에 대한 집착은 유별나다. 자연이건, 생활습관이나 문화이건, 음식이건, 개성식이 제일인 줄 안다. 제일인 줄 알기 때문에 그대로 남아 있기를 바란다. 나도 마찬가지다. 조성된 공장부지보다는 그전에 거기는 어디였을까, 에 더 마음이 가 있었다. 그러나 내가 조망할 수 있는 건 내년 봄에도 결코 꽃 피는 산골이 될 수 없도록 철저하게 정지된 광활한 공단부지가 전부였다. 나는 왜 흘러간 시간은 절대로 돌이킬 수 없다는 걸 알면서도 공간은 고정돼 있는 것처럼 여겨왔을까. 만약 시내관광이나 고향마을 방문이 허용됐다고 해도 있는 것을 보기보다도 없는 것 먼저 찾으려 들지 않았을까. 마치 맡겨놓은 보따리를 돌려받을 때 남아 있는 것보다는 없어진 것 먼저 발견하고 화를 내고 트집을 잡듯이 말이다. 나는 그 땅을 고향 땅이기 때문에 허심탄회하게 바라볼 수 없었듯이 어느 날 고향 사람들을 불러 모아 사실은 이것밖에 없노라

고, 아껴둔 냉동 고구마를 해동시켜 나눠 먹을 수 있는 기회가
온다고 해도 이게 진짜로 개성 흙에서 난 것일까, 의심 먼저 하
게 될지도 모르겠다.

노망이려니
하고 듣소

열흘가량 여행을 다녀왔다. 여러 번 갔던 나라를 또 가니까 이왕이면 안 가본 나라를 가지 뭣하러 가본 데를 자꾸 가냐고, 식구들도 친지들도 의아해했다. 하긴 그랬다. 호기심 없이 떠나는 여행은 설레지 않는다. 그건 여행의 기쁨을 절반쯤은 미리 잃고 떠나는 셈이니 굉장한 손해다. 아무 데나 여기 아닌 딴 곳에서 멍청하게 쉬고 싶은 마음이 굴뚝같던 차에 마침 나에게 적당한 일정과 편안한 일행을 만나게 되었으니 행선지는 어디라도 상관없었나 보다. 그러나 막상 집을 떠나보면 쉬고 싶어 어디를 간다는 건 말도 안 되는 소리라는 걸 알게 된다. 이 세상에 내 집처럼 편한 쉼터가 어디 있겠는가. 늘어갈수록 세상에 새로운 것은 없고 적당히 따습고 적당히 딱딱한 내 집 잠자리에 다리 뻗고 눕는 것만큼 완벽한 휴식은 없다. 현지의 일기는 불순했고 일행에게 노익장을 과시하고 싶은 객기까지 가세해 나에게는 고단한 여행이었다. 겉으로는 재미있어하는 척하면서도 밤이면 친척집에 맡겨진 어린애처럼 우리 집에 갈 날이 몇 밤 남았나, 손가락을 꼽아가며 헤아려보곤 했다.

여행에서 돌아와 아무리 즐거운 곳에서 날 오라 하여도 내 쉴 곳은 내 집밖에 없다는 진부한 감회와 안도감을 만끽하기도 전에 뭣하러 텔레비전은 틀었던지. 몸에 밴 습관 때문이었을 것이다. 마침 뉴스 시간이었다. 뉴스 시간에 젤 먼저 등장해 지지고 볶고 고함치고 삿대질하는 정치하는 사람들과 정치적인 사람들을 보면서 그동안 저 사람들을 안 보는 게 얼마나 달콤한 휴식이었던가를 비로소 깨달았다. 다만 며칠이라도 저 사람들을 안 볼 수 있었으니 여행은 역시 좋은 거였다. 달라진 건 아무것도 없었다. 아니 달라진 게 있을 수도 있었다. 돌을 던지던 사람이 돌을 맞는 사람이 돼 있을 수도, 돌을 맞던 사람이 기사회생 돌을 던지는 사람이 돼 있는지도 모른다. 내가 눈이 침침하여 그것을 분간 못 할 뿐. 나는 이제 눈 어둡고 정신도 예전만큼 명징치 못해 누가 옳은 사람이고 누가 옳지 못한 사람인지, 누가 거짓말쟁이고 누가 정직한 사람인지, 누가 믿을 만한 사람이고 누가 못 믿을 사람인지 분간하지 못한다. 그들 스스로는 알까. 워낙 서로 진흙탕을 많이 쳐발라서 내가 누군지 상대방이 누군지도 분간 못 하는 게 아닐까. 저 꼴 보기 싫어 못 살겠다, 라고 비명이라도 지르고 싶게 그들의 이전투구는 정말이지 넌더리가 났다.

이 나이까지 통과해온 힘들고 어려운 시대를 회상해보면 빈곤도 빈곤이지만 정치판도 지금보다 훨씬 더 개판일 적도 많았다. 오죽해야 못 살겠다 갈아보자, 라는 선거구호가 만백성에게 회자되었을까. 그러나 못 살겠으면 갈아보면 된다고 믿을 수 있었던 때는 행복한 시대였다. 갈아치운다는 건 요샛말로 하면 개혁이 아니었을까. 개혁정부가 들어서고 개혁을 믿을 수 없게 되었다. 국민의 표까지 조작하고 도둑질하던 더러운 시대에도 국민들은 선거에 의해 부패한 정권을 갈아보려는 착하고 정결한 꿈을 버리지 않았다. 매번 좌절하고도 꿈을 버리지 않았고 다음 선거를 기다리곤 했다. 정치가들이 저렇게 이합집산과 서로 흠집 내기에 열중하는 걸 보면 선거철이 가깝긴 가까운 것 같은데 저들을 갈아치우고 새로 맞이하고 싶은 새 얼굴이 도대체 떠오르지 않으니 어떡하나. 나처럼 희망을 잃거나 분별력이 시원찮은 사람이 선거에 불참하거나 표를 잘못 찍을까봐 염려해서 누구는 좋은 사람이고 누구는 나쁜 사람이라는 걸 가려주겠다는 친절한 단체까지 생겨나고 있다. 고마운 노릇이지만 하도 정치가 혐오스럽다 보니 누가 단체를 만든다고 하면 정치적이 될까봐 경계하는 마음부터 갖게 된다. 정치하고는 하등 상관없어 보이는 모임도 어느 정도의 영향력만 생겼다 하면 정해진 수순처럼 정치적으로 변질하고, 기어코 진흙탕까지 묻히고 마는 걸 어디 한두 번 보았나. 아무리 더러워도 피할 수 없는 그놈의 정치라는 것, 그건 이 시대의 질병인가 악몽인가. 산뜻하게 깨어날 수 있는 주문 어디 없을까.

말의
힘

　집에 간단한 수리를 할 때였다. 나는 목수 일을 하는 나이 지 긋한 이에게 안 물어봐도 될 것을 물어보았다. 아마 말을 붙여 보고 싶어서 그랬을 것이다. 이것도 해주실 거죠? 그가 무뚝뚝 하게 대답했다. 당근이죠. 처음엔 못 알아듣고 네? 하고 다시 물었다. 당근이라니까요. 그제야 그게 당연하다는 소리라는 걸 알아들었다. 그가 말장난을 하고 있는 것 같지는 않았고 또 그 럴 나이도 그럴 분위기도 아니었다. 나중에라도 알아들었기 망정이지 그렇지 않았으면 서로 민망하게 될 뻔했다. 별로 유 행을 탈 것 같지 않은 연령층과 직업인에게까지 당근이 당연 으로 일반화됐다는 걸 느끼면서 그럼 정작 당근은 뭐가 되나 걱정이 됐다. 남자친구가 특별한 관계가 되면 오빠라고 부르 던 게 결혼을 하고도 그냥 오빠로 부르는 걸 주위에서도 드물지 않게 본다. 결혼하기 전 연인관계일 적엔 열이면 열 다 오빠라고 부르는 것 같다. 가족 간의 호칭 중 오빠라는 말에 각별한 애정과 그리움을 갖고 있는 나는 그럼 정작 오빠는 뭐가 되나 걱정이 된다. 발랄하고 주체적인 젊은이들이 왜 각자의 고유명사를 부르든지 새로운 호칭을 만들든지 하지 않고 듣는 사람 헷갈리게 빌려다 쓰는지 모르겠다. 사물을 헷갈리게 하지 않으려고 말이 생겨났고 그래서 새로운 사물이나 새로운 사상이 생겨날 때마다 말도 그 가짓수를 늘려왔다고 생각할 때 멀쩡하게 제 값을 지니고 있는 말들을 뒤섞어 헷갈리게 하는 건 말에 대한 모독만 같아서 걱정스럽다.

　며칠 전에는 고(故) 일석 이희승 선생님의 유지를 받들어 제정한 일석국어학상 시상식에 참석한 일이 있다. 그날의 주인공인 수상자와는 평소 일면식도 없는 사이였지만 선생님 유족과의 친분관계와 생전의 선생님의 인격을 기리는 마음 때문에 참석한 자리였다. 시간이 임박해서 식장에 당도했고 아는 사람도 별로 없어 말석에 처음 만난 사람들하고 동석을 해서 수상식을 지켜보게 되었는데 공식적인 식순에 따라 수상소감은 맨 나중이었다. 좀 긴 수상소감이었고 내용도 겸사와 고인에 대한 추모와 일화를 담은 의례적인 것이었다. 시간도 하객이 지루해지기 시작할 무렵이었는데 이상하게 장내가 조용해졌다. 수상자의 담담하고 수수한 술회가 장내를 사로잡고 있다는 게 느껴졌다. 수상소감이 끝났을 때 나하고 한 테이블에 동석한, 미국서 오래 살다 잠시 귀국했다는 어떤 부인의 눈이 눈물로 젖어 있는 걸 나는 분명히 보았다. 눈물을 들킨 부인이 민망한 듯 말했다. 우리말이 어쩌면 저렇게 아름답죠? 딴 사람들도 그의 말에 동의하며 마음이 순화된 것 같다고 말했다. 잔잔한 감동은 처음 만난 사람들 사이에 자연스럽게 친밀감이 흐르게 했다. 그렇다고 수상자가 웅변가나 달변가 같지는 않았다. 그분은 편안하고 반듯한 우리말을 구사해서 빠르지도 느리지도 않게 극적인 억양 없이 쉽게 말했을 뿐이었다. 고인에 대한 공경과 추모도 과공에 흐르지 않았고, 자신에 대한 겸사에도 지나침이 없었고, 포부를 말함에 있어서는 솔직하고 당당했다. 무엇보다도 그분은 청중을 웃기려고도, 홀로 빛나려고도 하지 않았다. 언제부터인지 우리 사회에서는 누구든지 단상에만 섰다 하면 청중을 웃기든지 충격을 주어—하다 못해 남다른 고성으로라도—초장에 청중의 이목을 집중시키려는 경향이 있다.

　나는 오래간만에 진심에서 우러나온 반듯하고 아름다운 우리말을 들었다. 저런 화법이야말로 진솔하다고밖에 표현할 길이 없구나 싶으면서 잃었던 걸 찾은 것처럼 반가운 생각이 들었다. 언제부터인지 나는 진솔하다는 말을 싫어해서 내 글이나 대화에서 거의 쓴 적이 없다. 누가 진솔하게 말할 것 같으면 하고 시작한 말이나, 잡지나 텔레비전 같은 데서 유명인을 인터뷰하면서 그는 진솔하게 말했다던가 뜻밖에 진솔한 고백을 들었다고 말할 때, 진솔한 말이 나온 걸 거의 본 적 없기 때문이다. 솔직을 과장한 위악적인 말, 걸러지지 않은 거칠고 조악한 말이 곧 진솔한 걸로 통용돼왔다. 당근이나 오빠는 어떻게 되나만 걱정할 게 아니라 내가 안 믿고 소외시킨 동안 정작 진솔은 어디로 갔는지, 그 행방이나 걱정해야 되는 게 아닌지.

내가 넘은
38선

올해 안에 개성관광이 실현되리라고 한다. 조만간 시범관광도 있을 모양이다. 그런저런 보도 때문에 곧 고향 가게 됐으니 얼마나 좋으냐는 인사를 종종 듣는다. 귀향과 관광은 다르다. 내 고향마을은 볼 것 하나 없는 한촌이다. 지금 관광코스로 돼 있는 명승고적들을 나는 초등학교 6학년 때 수학여행 가서 처음 보았다. 그때는 당일치기라도 기차 타고 가는 건 수학여행, 걸어가는 건 원족이라 불렀다.

개성역에 내려서 역전에 정렬해 있는데 아이들을 마구 헤집고 다니면서 나를 찾는 목소리가 들렸다. 내 이름을 일본말로 부르면 '보구엔쇼'가 되는데 일본말을 한마디도 못하는 할머니가 손녀를 찾으려면 그렇게 불러야 된다고 사전교육을 받은 모양이다. 할머니의 발음은 너무도 이상해서 아무도 그걸 알아듣지 못했다. 나만 안 나서면 할머니는 나를 못 찾을 게 뻔했다. 풀을 먹인 무명치마저고리에 베보자기에 싼 임을 인 할머니가 창피해서 나는 끝까지 모른 척할 작정으로 고개를 푹 숙이고 아이들 사이에 숨어 있었다. 마침내 할머니가 그 갑갑한 일본말을 그만두고 "완서야" 하고 악을 쓰는 거였다. 더는 참을 수가 없어서 할머니 앞에 나섰다. 할머니는 반 아이들이 지켜보는 한가운데서 머나먼 20리 길을 이고 온 베보자기를 풀고 이건 선생님 드릴 것, 이건 동무들하고 나눠 먹을 것, 이건 서울 집에 가져갈 것, 몫을 짓기 시작했다. 기름이 잘잘 흐르는 쑥송편이었다. 그러나 나는 그 떡이 촌스러운 할머니나 마찬가지로 창피하기만 해서 아무하고도 안 나눠 먹고 집까지 끌고 왔다. 그리하여 6학년 수학여행은 한마디로 죽을 맛이었다.

개성 시내에 살아본 것은 그 다다음 해 중학교 2학년 때, 일제의 소개(疏開)령에 의해서였다. 학교도 전학을 했지만 시골집에서 개성 시내까지는 20리 길이라 시내에 집을 얻고 다녀야만 했다. 일본이 패망한 건 방학 때여서 시골집에 있을 때였다. 조국이 해방된 소식도 사나흘 늦게 알려질 정도의 벽촌이었다. 시내에 나와보니 무조건 기뻐 날뛰던 시골 사람들과는 달리 화제는 온통 38선이 어디로 그어지냐였다. 미국과 소련이 북위 38도선으로 한반도를 나누기로 한 것은 벌써 기정

사실로 받아들인 듯, 초미의 관심사는 38선이 개성 어디를 지나냐였다. 지리시간에 경선(經線)과 위선(緯線)에 대해 배워서 그게 뭐라는 걸 상식적으로는 알고 있었지만 그게 실지로 땅을 경계 지을 수 있는 구체적인 선이 될 수 있으리라고는 한 번도 상상해본 적이 없었다. 그 초유의 엄청난 일을 저지른 강대국들도 땅 위에 실질적인 금을 긋기는 쉽지 않았던 것 같다. 개성이라는 작은 도시를 놓고 그 선이 한때 왔다 갔다 했던 것으로 기억된다. 처음에는 개성 북쪽 송악산이 38선이라고 하면서 미군이 주둔했다. 살기등등하고 질서정연한 일본군의 행진만 보다가 웃고 손 흔들고 장난치듯이 무질서하게 걸어 들어오는 그들이 전쟁에서 이겼다는 게 잘 믿어지지 않았다.

미군이 주둔한 지 며칠 안 되어 38선이 잘못 그어져 개성이 소련군 점령지역에 들어갔다고 했다. 미군이 물러가고 소련군이 들어왔다. 별안간 민심이 흉흉해졌다. 가게 문을 닫고, 부녀자들이 바깥출입을 삼갔다. 경의선 기차도 봉동까지만 오고 개성까진 안 왔다. 서울과의 단절감은 원래 다니던 서울 학교가 그리운 나를 초조하게 했고, 엄마도 딸을 소련군이 있는 데서 피신시키고 싶어 했다. 마침내 모녀는 일부러 더 남루한 복장으로 개성을 탈출했다. 개성에서 봉동으로 통하는 길에 야다리라는 다리가 있다. 그 다리 한가운데가 38선인 듯 다리 이

쪽은 소련군이 저쪽은 미군이 지키고 있었다. 그러나 기차가 없어서 도보로 떼 지어 가는 사람들을 미군도 소련군도 바라만 볼 뿐 검문도 제지도 없었다. 나는 다리 한가운데에 줄이 그어졌나, 새끼줄이라도 매놓았나 찾아봤지만 아무런 표시도 없었다. 봉동역에서 기차로 서울에 왔고, 며칠 있다가 야다리 위에 그어졌던 38선이 잘못됐는지 경계는 다시 송악산 너머로 물러가고, 한국전쟁 때까지 개성은 서울과 왕래가 자유로운 38선 이남 땅이었다. 내가 넘은 38선은 그러니까 진짜가 아니었던 것이다.

한심한
피서법

　교외의 어떤 식당에서였다. 넓은 마당에 큰 나무와 원두막
이 산재해 있고, 자판기도 설치돼 있는 게, 점심 후의 한참 더
운 시간에 손님들이 냉방된 실내에 눌어붙어 있지 않고 빨리
빨리 나가도록 하는 방법으로 아주 그럴듯해 보였다. 나는 친
지하고 주차장으로 가는 포장된 통로 옆 벤치에 앉아서 자연
바람을 쐬며 도시에서 나온 사람들의 모처럼의 한가로운 한때
를 바라보고 있었다. 나는 그들 모두에게 한 버스 타고 같이 피
크닉 나온 것 같은 친화감을 느꼈다. 그때 별안간 내 앞을 지나
던 멋쟁이 아줌마가 날카로운 비명을 지르며 길에서 펄쩍 한
길은 뛰어올랐다. 사람들이 일제히 우리 쪽을 보았다. 하이힐
까지 신은 아줌마를 그렇게 높이 뛰게 한 것은 어쩌다가 길을
잘못 들어 건조한 양회바닥까지 기어나온 한 마리의 지렁이였

다. 그까짓 지렁이 한 마리에 저렇게 호들갑을 떨어 여러 사람을 놀라게 할 건 뭔가. 나는 그 아줌마를 한심하게 여기며 가장귀 같은 걸로 아무렇지도 않게 지렁이를 꿰서 젖은 흙이 있는 데로 옮겨주었다. 나는 아마도 지렁이 같은 건 손으로 주물러도 아무렇지도 않을 만큼 흙하고 친밀하다는 걸 과시하고 싶었는지도 모르겠다. 그러나 그런 나를 바라보는 딴 아줌마들의 시선은 마치 땅꾼 바라보듯 징그럽고 뜨악해하는 티가 역력했다. 늙은 농부처럼 의젓해 보이고 싶어한 내 순간적인 발상은 저절로 무안해지고 말았다.

농사꾼은 못 되더라도 흙이라도 가까이하며 살려고 전원생활이라는 걸 해본 지 10년이 가깝지만 그동안 겨우 지렁이를 안 무서워하게 된 정도지 땅과 풀에 기생하는 딴 생명력은 사실은 아직도 나에겐 공포의 대상이다. 복중이 힘든 것은 더위 때문만은 아니다. 습기와 기온이 극에 달했을 때 흙과 수목 사이를 날고 기는 미물들의 활동과 번식력도 최고조에 달한다. 너무 자주 온다 싶게 연막소독차가 마을을 돌기 때문인지 거의 파리나 모기를 보기 힘들다. 그 대신 그보다 더 작고 보잘것없는 것들이 어디서 그렇게 생겨나는지, 나는 그것들이 아무리 성가셔도 발본색원할 방도를 모른다. 성가시기만 한 것이 아니라 해코지도 곧잘 한다. 한번은 발등에 날카로운 통증을 느끼고 반사적으로 손바닥으로 발등을 친 게 작은 날벌레를 때려잡게 되었다. 때려잡았다는 말이 웃길 정도로 그건 무게도 형태도 없는 작은 먼지에 불과했다. 확대경까지 갖다 대고 살펴보아도 목양말까지 뚫고 발등을 물 만한 이빨이나 침의 흔적은 찾아지지 않았다. 찾으려는 자체가 미친 짓으로 보일 만큼 그게 죽은 자취는 억지로 밀어낸 때만큼이나 미미했다. 그러나 물린 발등은 약을 발랐음에도 벌겋게 부어오르고 그 부기는 일주일이나 갔다. 마당에서 불개미의 소굴을 발견하고 살충제를 미친 듯이 퍼부은 적이 있는데 그것도 작년에 한 번 물려본 경험 때문이다. 불개미에 물리고도 그 작은 것에 어떻게 그런 모진 이빨이 있을 수 있는지 믿어지지 않았다. 그러나 개미는 엄연히 곤충의 족보라도 있지만 그 고약한 날벌레들은 도대체 어디서 비롯됐는지 도무지 알 수가 없다. 과일을 먹고 난 껍질을 간수를 잘 안 하고 그냥 벌여놓고 자고 나면 다음 날 아침에 어김없이 하루살이보다도 작은 날벌레들이 그 주위에서 어지러운 군무를 펼치고 있다. 그것들도 이빨이나 침 외에 시신경이나 청신경도 있는 것 같다. 내 힘으로는 손뼉소리만 요란하게 낼 뿐 한 마리도 때려잡지 못한다. 결국은 또 살충제를 뿌린다. 그리고 그것들의 출처를 궁금해한다. 밤사이의 문단속은 빈틈이 없었고, 방충망도 완벽하다. 그것들이 곤충이든 아니든 엄연히 날아다니고 위험을 피할 본능을 가진 생명체이니 알에서 부화했든 어미가 낳았든 유전자를 물려주려고 짝짓기 한 암수가 있었을 게 아닌가. 그러나 미물들의 돌연한 출현은 그런 상식을 황당하게 만들고 차라리 이 후텁지근한 무더위 속에서 포화상태가 된 습기의 입자들이 이탈하여 부화했다고 여기는 것이 훨씬 덜 황당하게 여겨진다. 족보 없는 것에 대한 공포감에 대항하는 방법은 살충제밖에 없다. 예전에 우리 할머니는 시궁창에 더운 물을 버릴 때도 큰 소리로 '뜨거운 물 나간다'고 경고하고 버리셨다. 나는 그게 미생물에까지 미치는 예전 사람들의 자연 사랑인 줄 알고 기렸는데 그게 아니라 공포감이 아니었을까. 미물에게도 복수심이 있을지도 모른다는 공포감에 문득문득 소름이 돋는 게 요즘의 내 피서법이다.

상투 튼
진보

기나긴 명절기간이 지나갔다. 어려서는 명절기간이 길수록 좋았다. 농촌에서 설과 추석은 농사와 깊은 관계가 있었다. 먹을 것이 귀하고 기후가 혹독하던 시절 오곡백과가 무르익고 춥지도 덥지도 않은 추석은 명절 중의 명절, 하늘이 내린 축복이었다. 설 명절 또한 추수한 곡식이 아직은 충분히 남아 있고 소와 돼지는 살찌고 해는 길어질 때다. 날로 도타워지는 햇살이 언 땅에 깊이 파고든다는 건 곧 농사꾼들에게 잔인한 계절이 올지니 그전에 실컷 먹고 충분히 놀아둬야 한다는 신호 같은 거였다. 며느리는 친정나들이를 보내고 시집간 딸이 오기를 기다리는 것도 설 동안이었다. 짧게는 보름, 길게는 정월 한 달이 때때옷 입고 먹고 마시고 놀고 나들이 다니는 명절기간이었다. 냉장고가 없던 시절 음식을 아무리 넉넉하게 장만해

뒤도 쉬거나 썩을 걱정이 없다는 것도 하늘이 주는 혜택이요 편리였다.

태평양전쟁을 일으키고 군량미가 다급해진 일제는 식민지의 이런 느긋하고 풍요한 세시풍속조차 묵과하지 못했다. 농사지은 양식을 공출이란 이름으로 거의 다 빼앗아 그렇게 오랫동안 즐길 수도 없었지만 음력설 자체를 부인하려 들었다. 양력으로 1월 1일이 진짜 새해이기 때문에 음력으로 설을 쇤다는 건 비과학적이라고까지 몰아붙였다. 점점 더 강제성을 띠다가 말기로 접어들면서는 도시에서 떡방앗간의 영업을 못하게 했고 농촌에서는 떡 치는 소리만 들려도 고발의 대상이 됐다. 설 명절이 새해의 뜻보다는 오랫동안 우리의 정서에 뿌리내린 민속으로서의 의미가 더 강하다는 걸 인정하려 들지 않았다. 그러자 편의상 양력으로 차례를 지내던 집까지 양력 정초는 일본설이라고 배척하고 음력을 조선설이라고 부르면서 마치 독립운동이라도 하듯이 비장한 용기로 음력설을 쇠게 되었다.

우리 고향은 아주 보수적인 산골마을이고 할아버지는 그런 마을에서도 드물게 상투를 틀고 계실 만큼 고루한 어른이셨는데도 설은 양력으로 쇠도록 하셨다. 이유는 간단했다. 대처에 나가 학교 다니는 손자들이 방학해서 내려와 있는 동안 차례

도 지내고 음식 장만도 하는 것이 마땅하다는 것이었다. 그때나 이때나 음력설이 겨울방학 안에 드는 일은 거의 없었기 때문이다. 우리 집안의 상투 튼 진보 덕분으로 손자들은 귀향의 기쁨과 설에만 맛볼 수 있는 지방색 짙은 음식과 놀이 문화에 대한 풍부한 추억을 갖게 되었다. 또 하나 그 어른께 고마운 것은 차례나 제사 지낼 때 여자들도 참예토록 한 것이다. 오빠하고 똑같이 차례나 제사에 참예했다는 건 사실 아무것도 아닌 일일 수도 있었다. 그러나 훗날 내가 여자로 사는 데 있어서 주눅 들거나 허세 부리지 않고 당당할 수 있는 힘이 되었다고 믿고 있다.

　해방이 되니까 사람들이 마음 놓고 구정을 쇠게 되었지만 공휴일을 지금처럼 구정에 더 많이 주게 된 지는 얼마 되지 않는다. 그런 변화에 상관없이 나는 어렸을 때 버릇으로 신정이 명절 같다. 내 자식들이 어렸을 때는 우리 할아버지와 똑같은 이유로 신정을 지냈고 아이들이 독립하고 나도 늙어가면서 음식 장만하고 손님 치르는 일이 힘들어지니까 매도 먼저 맞는 놈이 낫다고, 미리 지내고 나서 신정보다 훨씬 심해지는 교통 체증, 물가고, 품귀현상, 혹한 따위 구정 풍경을 남의 일 보듯이 느긋하게 구경하는 맛도 그럴듯하다. 좀 얄미운 심보인지는 몰라도. 그 밖에도 나처럼 딸만 여럿 있는 집은 설이 두 번이나 된다는 게 여간 고마운 게 아니다. 여럿이다 보니 자연히 사돈끼리 지내는 설날이 달라지기 때문에 내 자식이 몸과 신경을 쪼개지 않아도 되니까. 그러나 점점 외아들 외딸이 늘어가는 추세인데 만일 양가가 전통적으로 지내온 설이 같고 서로 그걸 고집한다면 어쩔 것인가. 그럴 때는 남자 쪽 부모가 양보하는 게 좋을 것 같다. 뭐니 뭐니 해도 아직은 권력을 쥔 쪽이 아들 가진 쪽이니까. 하나밖에 없는 자식도 나눠 가진 사이가 둘 있는 명절을 하나씩 나눠 갖지 못한대서야 말이 되겠는가. 우리의 사소한 배려가 우리 자식 우리 손자가 살아나갈 앞으로의 세상을 지금보다 덜 답답한 세상으로 만드는 큰 힘이 될 것이다.

공중에 붕
뜬 길

충청지방의 폭설 피해가 막심한 모양이다. 고속도로에 갇힌 사람들, 특히 자녀가 있는 가족들의 고통은 공포감에 가까운 것이리라고 짐작된다. 엊그저께 서울에 내린 20센티 가까운 큰 눈도 집 밖에서 경험하니까 천지가 개벽하는 게 아닌가 싶게 불안했었는데 50센티나 되는 적설량은 어느 만한 것일까 잘 상상이 안 된다. 서울에 큰 눈이 오던 밤에 나는 공중에 붕 뜬 순환도로 위에 있었다. 큰댁에 가서 제사를 지내고 오는 길이었다. 저녁식사를 겸한 이른 제사였다. 그래도 큰댁을 떠날 때는 이미 발이 빠지게 눈이 온 뒤였고, 계속해서 목화송이처럼 탐스러운 눈이 난분분하게 하늘땅 사이를 가득 채우고 있었다. 자고 가라고 붙들었지만 부득부득 떠난 건 큰길에 차들이 잘 소통되는 게 보였고, 설마 같은 서울 시낸데 집에 못 가라 싶었다. 걱정하며 붙드는 큰댁 식구들한테는 가다가 못 가면 찜질방에서 자고 갈 거라고 농담처럼 말했지만 아주 농담만은 아니었다. 한 번도 그런 데 가볼 기회가 없었던지라 어떻게 생긴 데일까 하는 호기심도 없지 않았다. 그러나 차가 꼼짝을 안 하게 된 건 하필 공중에 붕 뜬 순환도로상에서였다. 도시 외곽에는 무수한 도로들이 공중에 붕 떠서 차들이 신호에 안 걸리고 속도를 낼 수 있도록 도와주고 있다. 그 위에서 소통이 잘 돼 차가 쌩쌩 달릴 때는 땅 위에서 엉금엉금 기는 차들이 딱해 보였지만 그 위에서 몇 시간 얼어붙어보면 어떡하면 저 밑의 땅을 밟아볼 수 있을까 땅 위를 기는 차나 인간이 그렇게 부러울 수가 없었다. 찜질방도 호텔도 땅 위의 것일 뿐 나와는 상관없는 세상의 일이라는 사실이 그렇게 무서웠다. 내가 탄 차뿐 아니라 내 전후좌우로 4차선이나 되는 길을 빈틈없이 메운 차 속에서 사람들이 몇 시간씩 이런 불안과 고립무원의 소외감에 떨고 있는데 저 지상에서 어떻게 이렇게 무관심할 수 있단 말인가. 교통방송을 틀어봐도 아무런 정보도 얻을 수 없었다. 어떤 도로 어떤 구간에서 작은 접촉사고로 소통이 원활치 못하다는 것까지 일일이 친절하게 알려주던 방송이 어쩌면 우리가 겪고 있는 이 수난에 대해선 이렇게 시침을 떼고 딴청만 부리고 있는 것일까. 교통방송이 이러하니 다른 방송은 말할 것도 없었다. 잡담조의 정치, 경제 얘기 아니면 노래나 농지거리는 분통만 더 터지게 만들 뿐 아무런 위안이나 도움이 되지 않았다. 공중의 길 위에서 자정이 지나고 새날을 맞았다. 단언컨대 그 시간에 그 순환도로상은 차바퀴 밑이 미끄럽다기보다는 질척해서 비 올 때를 방불케 했다. 생각해보니 차간거리고 뭐고 없이 빽빽하게 차가 밀려 있었으니 차 지붕 위에 내려앉은 눈이 더 많지 바닥에 쌓일 새가 없었을 것이다. 전방 어딘가에서 대형사고가 있지 않고는 이럴 수는 없는 일이었다. 그렇다면 그걸 처리하기 위한 백차나 앰뷸런스, 견인차 등 무언가 지상의 관심이 느껴져야 할 텐데 감감무소식이었다. 만약 순환도로를 빠져나가는 출구 쪽 내리막길이 미끄러워 통제를 하거나 통행이 불가능했다면 미리 진입을 막았어야 하는 게 아닌가. 여전히 불과 몇 미터 아래 지상에서는 쌩쌩까지는 아니라 해도 차들이 원활하게 잘 다니고 있었다.

그날 밤 가장 참을 수 없었던 것은 40분 거리를 네 시간 반이나 걸렸다는 것보다는 왜 그런지 영문을 몰랐다는 데 있었다. 고립무원의 고독감 때문이었다. 교통경찰이 길을 터주지는 못할망정 왜 막히는지 얼마나 기다려야 하는지 알려줄 수는 없었을까. 하긴 그걸 알려줄 만한 교통경찰이었다면 진입을 막았을 것이다. 우리가 통과한 진입로와 출구 사이는 그 순환도로상에서는 극히 짧은 구간이었는데도 출구와 입구 사이에 전혀 소통이 안 됐던 것이다. 마침내 차가 조금씩 서행을 시작하면서 그 공중에 붕 뜬 길을 빠져나올 수가 있었다. 빠져나오는 내리막길에서도 아무런 사고의 흔적도 발견하지 못했다. 왜 그랬는지 영 모르고 만 것이다. 지상은 공중의 길보다 훨씬 더 미끄러워서 내가 탄 차의 운전자가 조심운전을 하니까 뒤차가 빵빵대며 신경질을 부려서 할 수 없이 지상의 흐름을 탔다. 마침내 현실감이 돌아오고 간밤의 일은 비현실적인 악몽으로 남았다.

초여름
망필(妄筆)

식민지 시대에 소학교를 다녔다. 그들의 국경일은 수업도 없고 일본식 찹쌀떡도 나누어주기 때문에 신나는 날이었지만 길고 긴 경절(慶節) 조회는 질색이었다. 한번은 장시간의 뙤약볕을 견디다 못해 졸도를 한 적이 있다. 견디려는 의지를 놓는 순간 나무토막처럼 쓰러졌기 때문에 팔꿈치가 찢어졌고 그 상처 자국은 지금까지도 남아 있다. 흔적은 몸에만 남아 있는 게 아니라 마음에도 남아 있다. 지금도 뜨겁게 내리쬐는 햇볕에 무방비 상태로 노출될 때면 문득 견딤을 놓는 순간의 공포감 같기도 하고 안도감 같기도 한, 팽 도는 현기증이 되살아나면서 졸도할 것 같은 위기감을 느끼게 된다. 6월만 되면 되살아나는 계절병은 당연히 한국전쟁이다. 그때 애처롭게도 스무 살이었으니까. 축복도 저주도 가장 낙인찍기 쉬운 말랑말랑한 나이, 아아, 20세…… 일전에는 20세 전후의 젊은 음악가의 음악회에 가서 그 뛰어난 연주에 갈채를 보내면서 고통에 가까운 기쁨을 맛보았다. 겨우 스무 살에 천재성이 저렇게 아름답게 꽃필 수도 있구나 하는 놀라움과 행복감은 어쩌면 내 참담한 스무 살과 비교가 되는 마음 때문에 고통스럽기까지 했던 게 아닐까.

이승만 정부에 비판적인 청소년들이 흔히 그랬듯이 이북이 사회주의 낙원이란 선전에 호의적이었기 때문에 바뀐 세상에서 새로운 희망을 발견하려고 했다. 나는 전혀 두려움 없이 바뀐 세상을 향해 걸어나갔다. 나는 빈손이었지만 그사이에 붉은 깃발까지 준비한 사람도 많았다. 그렇게 북쪽에 호의적인 사람들이 도열한 가운데 인민군이 탱크를 앞세우고 진주해 들어왔다. 말로만 듣던 탱크와 따발총을 그때 처음 보았다. 상상도 못 해본 어마어마한 병력이었다. 꿈은 순식간에 사라지고 탱크가 마치 양민들의 가슴팍을 밀고 들어오는 것 같은 공포감을 맛보았다. 그 후 공포의 나날이 계속됐다. 유엔군이 참전을 하고 미군 비행기가 서울 상공에 뜨기 시작했다. 굶주림과 공포정치의 무서움을 그 여름의 혹서는 더욱 잔인하게 달구었고 혹서가 누그러질 무렵 서울 상공은 밤낮없이 미군 폭격기 차지였다. 오폭도 잦아 민가 밀집 지역이 불바다가 되기도 하고 위험을 무릅쓰고 식량을 구하러 교외로 빠져나가던 민간인들이 머리 꼭대기까지 하강한 전투기의 무차별 기총소사를 맞고 잔혹하게 살해되는 일도 비일비재였다. 아마 따발총 맞고 죽은 수효보다 기총소사 맞고 희생된 민간인이 더 많을지도 모른다. 그런데도 우리는 비행기가 더 자주 뜨기를, 바다 쪽으로부터 들리는 함포사격이 더 치열해지기를 기다리고 거기 희망을 걸었다. 입 밖에 내지는 못했지만 속으로 열렬하게 미국의 병력이 이기라고 응원을 한 것은 따발총보다는 비행기가 더 강해 보이니까 이왕이면 강자 편에 붙으려는 비겁한 마음에서였을까. 아니다. 폭격보다 더 무서운 것은 학정(虐政)이기 때문이었다. 그 후 오랜 세월이 흘렀지만 모진 정치의 기억은 아직도 핍진하여 마치 어제인 듯했다가 예감인 듯했다가 마음이 망령되게 헷갈리곤 한다. 미국도 그 부자 나라가 막강한 병력을 세계 도처에서 휘두르는 게 싫고 무섭다가도 '그래도' 착한 나라인 것을, 믿고 싶어진다. 동족에 대한 불신이나 초강대국에 대해선 '그래도'라고 한 발 물러나서 봐주게 되는 것은 이념하고는 상관없는 얘기다. 이념이라면 넌더리가 난다. 이념이라기보다는 꽃다운 나이에 한국전쟁을 겪은 우리 세대 대부분의 평범한 노인들 공통의 정서라고 말하는 것이 더 합당할 것이다. 한때는 우리가 겪은 걸로만 세상을 보고 그 잣대로 세상

을 판단하고, 젊은이들을 가르치려 들고 우리 말귀를 못 알아
듣는 젊은 세대를 근심하고 분노한 적도 있다. 그러나 날로 다
양해지는 세상에서 만년 옳은 생각이란 편협한 생각에 불과하
다는 걸 알게 된 것도 어쩌면 나이 덕이다. 고령화사회가 온다
는 소리는 당사자인 우리 듣기에도 두렵고 민망하니 젊은이들
에겐 아마 페스트가 온다는 소리만큼이나 재앙으로 들릴 수도
있을 것이다. 명은 날로 길어지는데 삶은 왜 이다지도 날로 남
루해지는지.

딸의 아빠,
아들의 엄마

좋은 계절이다 보니 결혼식에 초대받는 일도 잦다. 참으로 천생연분이다 싶게 잘 어울리는 한 쌍의 결혼식이 끝나고 피로연장에서였다. 신랑 신부와 양가 부모의 인사를 받으면서 하객 중 누군가가 요즘은 어떻게 된 게 섭섭해서 눈물을 짜는 친정어머니도 없어져서, 누가 친정어머니인지 시어머니인지 구별이 잘 안 된다고 우스갯소리처럼 말했다. 요즘은 친정아버지가 운대, 옆에서 맞받자 이 집 신부 아버지는 딸한테 시댁에서 조금이라도 구박이나 무시를 당하면 참지 말고 친정으로 돌아오라고 한다더라고 말했다. 그 소리에 다들 웃으면서 세상 참 많이 좋아졌다고 했다. 딸을 시집보낼 때 죽어도 시집 문지방을 베고 죽으라는 훈계를 하던 시절에 비해서 많이 좋아졌다는 소리일 터이니 여자들에게 좋아졌다는 소리로 들어도 무방할 것이다. 그렇다고 여자와 남자가 평등해졌다는 뜻으로 들리지는 않았다. 신부 아버지의 재력이나 사회적 지위 등 가부장적 권위가 사돈집에 비해 조금도 처질 것이 없기 때문에 그렇게 말할 수 있었을 것이다. 자신의 권력으로 보호해주고 싶어 하는 거나 내치고 싶어 하는 거나 똑같이 부권일 뿐 딸의 결정권은 소외되어 있다.

서로 대등해 보이는 사돈 간에도 신부 쪽에서 신경이 더 쓰이는 건 시어머니 자리에 대해서다. 시어머니가 더 고자세로 나올 수 있는 것 또한 다만 아들을 가졌기 때문일 것이니 여성의 지위와는 상관없는 얘기이다. 앞서 말한 친정아버지가 좋은 날 그렇게 썰렁하게 말할 수 있는 것도 결혼에 이르기까지 다만 딸을 가졌다는 이유 하나만으로 물심양면으로 수모를 많이 당해본 끝이기 때문인지도 모른다. 아직도 예단 때문에 생기는 양가의 갈등은 선남선녀가 결혼 전에 넘어야 할 중요한 관문이다. 그런 난관을 산뜻하게 넘어가게 하는 방법으로 요새는 현금거래가 유행이라는 소리도 들린다. 예를 들어 신부 측에서 예단 비용으로 2천만 원을 보내면 신랑 측에서는 1천만 원을 보낸다는 식으로 말이다. 액수야 사는 형편에 따라 다르겠지만 비율이 대개 그렇다니 누가 정한 것인지는 모르지만 여자는 남자의 반값이란 소리와 다름이 없다. 고비고비마다 이런 반값의 수모를 당하는 걸 견디느니 차라리 안 하고 말지 하는 똑똑한 여성이 늘어나는 것도 남자 쪽에서도 점점 신부를 구하기 힘들어지는 이유 중에 하나일 것이다.

　나는 TV 연속극을 즐겨 보는 편이어서 아들의 어머니가 아들이 좋아하는 여자를 다만 그녀의 집 형편이 자기네보다 못하다는 이유 하나만으로 인간으로서는 차마 못 견딜 능멸과 구박을 하는 경우를 종종 본다. 설마 저럴까 싶으면서도 보는 것만으로도 숨이 차 아무리 재미있게 보던 드라마도 그런 대목에선 잠시 안 보고 건너뛴다. 내가 이미 오래전에 딸들을 다 여의고 났으니까 이런 말을 할 수 있는지는 모르지만, 딸이 그런 수모를 당하면서도 결혼이라는 걸 하고 싶어 한다면 저따위 엄마의 아들은 틀림없이 마마보이일 터이니 그런 데 시집가느니 혼자 살라고 충고할 것 같다. 그러나 그 또한 옳은 방법은 아닐 것이다. 이제 결혼 연령은 점점 늦어져 배울 만큼 배우고 사회경험도 충분히 쌓은 후에 한다. 무엇보다도 내 아들 딸을 자신의 운명에 대해 결정권을 가진 어른으로 인정해줘야 하지 않을까. 애정을 가지고 지켜보는 것과 휘두르는 것은 다르다. 사돈관계만 해도 그렇다. 자녀 수가 급격하게 줄어들다 보니 친척이 드물어지다 못해 없어져가고 있다. 내 딸, 내 아들이 만든 가정이 잘되기를 바라고 애정을 가지고 지켜보면 그

가정에서 양가의 핏줄을 이은 다음 세대가 태어나게 되어 있으니, 사돈관계처럼 귀한 친척관계는 없다고 볼 수 있다. 가족 간일수록 상처는 오래가고 치명적일 수도 있다. 내 나이 또래 구식 여자 중에도 시집가서 시어머니로부터 들은, 네 친정에선 그렇게밖에 못 배웠냐는 소리가 가시가 되어 죽는 날까지 시부모를 극진히 모셨지만 한 번도 정은 준 적이 없었다는 이가 있다. 요즈음 세상에도 시어머니 자리는 새겨들을 만한 소리라고 생각한다.

멈출 수는
없네

추석 연휴가 끝나는 날 동창 몇이서 모일 기회가 있었다. 우리 나이에 여고 동창이란 뭔가. 머리가 허옇다 못해 탈모까지 시작된 주제에 평소보다 한 옥타브 높고 들뜬 목소리로 서로 애, 쟤 이름을 부르면서 회춘을 만끽하다가도 별안간 안부를 묻고 싶은 아무개 이름은 생각나지 않는데 느닷없이 옛날 옛적 창씨개명 한 이름이 떠올라 그렇게 불러도 통하는 서로 흉허물 없는 사이가 아니던가. 그러나 세월과 함께 이렇게 주책만 는 것은 아니다. 얼마 전까지만 해도 명절만 되면 첨예해져 거의 자해(自害)의 경지까지 이르렀던 고부 간, 세대 간의 갈등을 넘어서 이제는 내 아들은 처가에, 내 딸은 시댁에 더 잘하는 걸 마음 편하게 여길 수 있을 만큼 달관의 경지에 도달한 나이이기도 하다. 그렇게 별 볼일 없는 할망구들이 마음 놓고 늘어

놓은 수다 중 몇 구절을 간추려보면,

"이번에 내 머리 염색 어떠니? 잘됐지?"

"쟤는 촌스럽게 새까맣기만 하면 좋은 줄 안다니까. 브릿지도 안 넣고 온통 새까맣게 염색한 머리는 늙어도 한창 늙었다는 표시야. 파파 늙은이, 쟤는 그것도 모르고……."

"아냐, 나 여기 오는데 뒤에서 누가 날 아줌마라고 불렀다니까. 할머니 소리만 듣다가 웬 떡이냐 싶더라. 뭘 물어보길래 얼마나 친절하게 가르쳐줬다고……."

"그래서 그렇게 기분이 좋구나. 난 혹시 추석에 자식들한테서 굉장한 선물이라도 받은 줄 알았지……."

"선물은 많이 받았지. 우리 아이들 다들 아직 현역 아니냐? 선물도 꽤 받나봐. 뇌물성은 아니고. 그 정도로 출세한 건 아니니까, 아마 '기브 앤 테이크'겠지만 그래도 선물 들어온 걸 며느리가 감추지 않고 한아름씩 가져오니까 좋더라. 좋긴 좋은데 내 눈으로는 먹을 것도 없고, 쓰잘 데도 없는 것들이 왜 그렇게 포장은 요란한지, 쓰레기 치우는 게 보통 일이 아니더라구. 글쎄 영광굴비라고 쓴 상자가 어찌나 큰지 굴비가 한 접은 든 줄 알고 난 너희들하고 나눠 먹을 요량까지 했다니까. 보자기 속에 두꺼운 천으로 된 지퍼 달린 망태기가 있고, 망태기 안에서는 스티로폼 상자가 나오고, 상자를 여니까 그 안에는 중국산 등나무 바구니 속에 대나무 발과 얼음판대기를 깔고 굵은 비닐 줄에 목을 맨 밴댕이만 한 굴비 열 마리가 누워 있는 거야. 엽기 아니니. 과일이고 한과고 그런 식으로 포장한 것들을 풀어서 분리수거를 하고 나니까 정작 굴비가 눈에 안 띄는 거야. 찾다 찾다 어디서 찾은 줄 아니?"

"쓰레기통 속에서 찾았겠지 뭐. 그까짓 건 퀴즈도 아냐. 난 딸내미가 와인을 가져왔는데 요게 글쎄 술 좋아하는 아빠를 위해 비싼 걸로 골랐다고 애교를 떨더라. 포장도 어찌나 우아하게 했는지 감동했지 뭐. 그런데 포장을 풀고 상자를 여니까 와인병 위에 봉투가 있는 거야. 돈봉투인 줄 알고 가슴이 다 울렁거리더라. 그런데 열어보니까 스승의 은혜에 감사하는 제자의 예쁜 감사카드인 거 있지. 우리 딸 교수잖니. 풀어보지도 않고 보낸 거지 뭐."

"어디선가 봤는데 노부모들이 제일 좋아하는 선물이 돈이라며? 맞는 말인데 제일 싫어하는 선물이 꽃이라는 건 좀 그렇더라. 아무리 늙은이들이라고 그렇게까지 낭만이 없을라구."

"꽃이 싫다는 것도 아마 포장 때문일 거야. 장미 몇 송이가 얼마나 겹겹의 망사치마랑 철사랑 레이스를 두르고 있는지 넌 아마 모를 거야. 난 좀 알지. 손녀가 음악을 하거든."

실속보다는 겉치장이, 요점보다는 허풍이, 필요한 것보다는 불필요한 게 판을 치는 이 세태에 대한 우리들의 성토는 멈출 줄을 몰랐다. 그럼 아직도 구조조정을 안 당하고 현역에 있는 내 자식들은 뭐 해먹고 사나? 한 사람도 농업을 비롯한 생산직에 종사하고 있는 이가 없었다. 직접이든 간접이든 거의가 다 포장하고 부풀리고 허풍 떨고 유통시키는 일을 하며 먹고살고 있다고 해도 과언이 아니었다. 농자천하지대본의 세상에 태어난 우리들에겐 밀려드는 풍요한 세상이 아무리 낯설고 마음에 안 든다 해도, 멈추게 할 수는 없다는 게 우리들 수다의 쓸쓸한 결론이었다.

감개
무량

춘곡 고희동이 남긴 그림 도록에서 〈청계표백도(淸溪漂白圖)〉라는 그림을 본 적이 있다. 냇물가에서 빨래하는 남녀 그림인데 특이한 것은 치마저고리를 갖춰 입은 아낙은 냇가에 조붓하게 웅크리고 앉아 손빨래를 하고 있고, 정작 빨랫방망이를 휘두르고 있는 건 남정네라는 점이다. 웃통을 벗어부치고 바지도 정강이가 드러나게 걷어올린 반벌거숭이의 야성적인 사내가 암반 위의 빨래를 두드리기 위해 치켜든 방망이는 엄청나게 크다. 그 시절엔 남성용 빨랫방망이가 따로 있었지 않나 싶을 정도이다. 이불 홑청을 마전(曝白)하는 일이 얼마나 힘든 일인지 그 시절을 살아본 사람 아니면 짐작도 못 할 것이다. 그럼에도 불구하고 여성의 일로만 알고 있는 빨래를 남성이 함으로써 이 그림은 살아 숨 쉰다. 아낙네 뒤로는 빨래거리를 지고 온 빈 지게가 보인다. 그 정경이 평화로우면서도 서민생활의 건강한 활력과 노동의 기쁨이 청정한 물의 비말처럼 상쾌하게 와 닿는다.

〈청계표백도〉의 청계는 청계천이 아니라 맑은 계곡이라는 보통명사일 수도 있지만 나는 청계천일 거라고 믿고 있다. 화가가 서울 사대문 안에서 산 서울 토박이라는 점도 그렇지만, 내가 청계천을 처음 본 건 30년대 말, 사대문 안에는 거의 상하수도 시설이 완성돼 있을 때여서 하수가 그대로 유입된 청계천 물은 시골의 맑은 시냇물만 보던 눈에 여간 더러워 보이지 않았는데도 비만 오면 맑은 물이 넘쳐서 사내애들이 뛰어들어 고기 잡는다고 법석을 떨고, 한편에서는 때 만난 듯이 빨래거리를 이고 나온 아낙네들의 낭자한 빨랫방망이 소리를 들을 수 있었으니까. 심지어는 홑청 빨래를 양잿물에 삶아주고 돈을 받는 영업을 하는 가마솥까지 걸려 있는 게 청계천 바닥이었다.

한국전쟁 중에는 이름 없는 죽음의 시체까지 받아들이며 썩어가던 개천은 전후의 인구밀집과 치열한 생존경쟁의 찌꺼기와 배설물까지 여과 없이 받아들임으로써 악취 풍기는 오물처리장이 되었다. 그러나 그 더러운 청계천 바닥에 한쪽 말뚝을 박은 하꼬방 가게들을 비롯해서 청계 4가에서 6가 사이의 시장통, 소위 동대문 시장은 전후의 가장 노른자위 상가가 되었다. 밀수품, 구제품을 개조한 양품, 마침 선보이기 시작한 화려한 색상의 화학섬유를 진열한 포목상과, 신선하고 풍부한 청과물시장 등 없는 게 없어서 잔치나 명절, 혼사 등 대소사를 치르려면 누구나 동대문 시장을 거쳐야 했다. 사람이란 오직 먹고사는 문제가 전부인 극빈의 시대를 벗어나야 비로소 체면을 차리게 되는 법. 우리는 차차 너무도 더러워진 개천이 부끄러워지기 시작했다. 청계천 복개는 조금씩 단계적으로 이루어졌다. 더러운 걸 다 가리자 더 잘살게 됐다는 유세처럼 늘어난 차들을 위해 그 위에 고가까지 놓았다. 청계고가 위를 신나게 달리면서 우리는 그 고가가 있기 전의 서울은 상상도 할 수 없었고, 그 편리와 신속 때문에 우리가 뭘 덮어두고 사는지를 짐짓 외면했다. 그러나 파렴치 행위엔 반드시 불안이 따르는 법, 그래서 이렇게 남의 입을 빌려 자위하곤 했다. "미군들은 이 위로 차를 못 다니게 한대. 청계천 가스가 언제 폭발할지 모른다고. 겁쟁이들."

이런 일들을 다 지켜본 나 같은 나이배기에게는 지금 맑은 물이 소리 내어 흐르는 청계천이 꿈만 같다. 관수교(觀水橋)나 이왕이면 그 아름다운 이름의 다리 난간에 기대어 물을 보리라. 빨래하는 남녀 대신 징검다리를 건너면서 장난치는 남녀의 교성과 분수의 물보라가 살갗을 적시는 듯하여 나도 모르게 손사래를 치게 되더라도 그 물이 어찌 옛 물이겠는가. 내가 관수교에서 보는 게 물이 아니라 서울의 근세사라고 해도 다 부질없는 일, 흐르는 물은 영원히 새 물일 뿐인 것을. 앞으로 변하게 될 천변의 상가도 이랬으면 저랬으면 하고 복고적인 또는 최첨단의 요구가 많은 줄 아나, 청계천변을 아끼고 사랑하는 이들의 취향에 따라, 아마도 물처럼 절로 변하게 될 것이다. 청계천이 살아남으로써 하늘 높은 줄만 알고 치솟던 도시가 비로소 6백 년 고도의 품격을 갖추게 되었듯이 번영과 품격이 함께 하기를.

그가

나를

돌아보았네

살다 보니 이런 일도 있구나.
작은 기적처럼,
또는 오랫동안 흠모하던 이가
따뜻한 눈길을 보내준 짜릿한 기억처럼

그는
누구인가

　종교를 가져야겠다는 생각을 진지하게 하기 시작한 것은 시어머님의 장례를 치르고 나서부터였다. 나는 26년 5개월 동안 시어머님을 모시고 살았다. 며느리 보고 돌아가실 때까지 그분은 한 번도 외박이라는 걸 하지 않으셨으니까 26년 5개월은 거의 정확한 숫자일 것이다. 그러나 모시고 살았다는 건 그분 입장에선 적절하지 않은 표현일지도 모르겠다. 남편이 외아들이긴 해도 그분에겐 친동기간과 조카 사촌들도 여럿 있었고, 소문난 음식 솜씨와 구식 예법에 대한 안목 때문에 친족간의 대소사 때마다 불려다니실 일이 잦았다. 결혼식만 식장에서 치르고 잔치는 다 집에서 할 때였다. 그때만 해도 장례식은 물론 회갑, 돌, 백날 잔치 등을 음식점에서 치른다는 건 상상도 못 할 때였다. 나도 결혼하고 나니까 결혼식에 참석하고 난 시이모님, 시숙모님이 내가 근친 갔다 올 때까지 머물고 계셔서 귀여움도 듬뿍 받고, 덕담도 많이 들었지만 내심 앞으로 말 많은 시집살이가 될 것 같은 예감으로 즐겁기만 한 것은 아니었다. 과연 무슨 때가 돌아올 때마다 손님 치를 일이 잦았고, 시어머님의 친동기간들은 으레 며칠씩 묵어가곤 했지만 시어머님이 며느리 허물을 가리고 칭찬만 하니까 몸은 좀 고단해도 친척 어른들 때문에 스트레스를 받거나 하진 않았다. 친정 쪽도 군식구가 떠날 날이 없는 집이어서 어른을 모시고 살면 으레 그러려니 했다. 그러나 당일로 가도 좋을 친척도 붙들어 묵어가도록 하기를 좋아하는 어른이 당신은 어디 가서 한 번도 주무시고 오시는 일이 없는 것이 조금씩 답답해지기 시작했다. 살림에 서투른 며느리가 못 미더워 그러시는 줄 알고 섭섭한 마음도 있었지만 나중에 생각해보니 그보다는 손자들 때문이었을 것 같다.

나는 결혼하자마자 애가 들어서서 한 해 걸러 10년 동안에 내리 5남매를 낳았다. 전후의 베이비붐 때였다. 먹고살기도 어려운 때여서 인구조절이 시급했지만 믿을 만한 피임법도 잘 몰라서 각자 알아서 한, 가장 손쉬운 가족계획이 인공중절이었다. 신혼시절이라는 걸 즐길 겨를도 없이 배가 부르지 않으면, 젖을 물리고 있어야 하는 임산부 노릇이 내리 10여 년이나 계속되니 나라고 소파수술이라는 걸 왜 생각해보지 않았겠는가. 그러나 차마 못 한 건, 워낙 겁이 많아서이기도 했지만 시어머님 때문이기도 했다. 유난히 사람을 아끼시는 분이셨다. 며느리가 임신한 것을 눈치만 채면 그때부터 조심조심 떠받들다가 해산을 하면 신생아를 대하는 태도가 너무 경건해서 마치 종교의식 같았다. 나는 위로 딸을 넷 낳고 막내로 아들을 하나 낳았다. 남존여비가 극심할 때라 딸을 내리 둘만 낳아도 시어머니가 미역국도 안 끓여주는 집이 흔할 때였다. 만약 내가 그런 대접을 받았더라면 내 성질에 그 시집 안 살고 말았을지도 모른다. 아들이고 딸이고 가리지 않고 우리 집에 태어난 새로운 생명을 그렇게 기쁘고 극진하게 모시는 시어머님은 지금 생각해도 특별한 분이셨다. 나는 아이를 낳고 젖만 먹였다 뿐, 다섯 아이를 다 그분이 업어 기르셨다. 아이가 둘이 되고부터 우리 집도 당시에 흔한 식모아이를 두게 되었는데 부리는 사람에게 아기를 맡기지 않았을 뿐 아니라 기저귀도 빨게 하지 않으시고 손수 빠셨다. 내 귀한 손자 기저귀를 왜 남이 찡그리고 빨게 하느냐는 거였다. 그분의 그런 태도에는 내 손자뿐 아니라 없어서 남의집살이하는 남의 자식에 대한 배려까지 자연스럽게 배어 있어서 그분을 존경스럽게 했다.

　실상 그분은 학교 문턱에도 못 가본 분이고 한글도 제대로 못 읽는 분이셨다. 생명에 대한 존중이나 남에 대한 배려는 교양이 아니라 그렇게 타고나셨다고밖에 설명할 수 없는 그분의 천성이었다. 그분은 새로운 생명을 기쁘고 경건하게 마중하셨을 뿐 아니라 기르는 일에도 지극정성이셨다. 젖만 떨어지면 어미 곁에서 떼어다가 당신 옆에 데리고 주무시면서 '은자동아, 금자동아, 은을 주면 너를 사랴, 금을 주면 너를 사랴……' 고운 목소리로 자장가를 부르셨고, 아이가 아프면 어미보다 더 근심하며 머리맡을 지키셨다. 손자가 초등학교에 입학해 첫 소풍으로 창경원 가는 데 따라가신 걸 당신 생애의 가장 기쁜 날로 기억하고 둘째가 어서어서 학교 가서 소풍 가기를 어린애처럼 기다리시곤 했다.

그렇게 천사의 마음을 타고난 분이 말년의 삼사 년 동안은 노망이 드셔서 가족들을 힘들게 했다. 지금으로 치면 치매라는 건데 나는 치매라는 말이 싫어서 그분에게는 그 말을 쓰기를 삼가왔다. 손자사위까지 보고 돌아가셨는데, 손녀딸에게 사랑하는 사람이 생기고 결혼을 해서 가족이 되었다는 걸 아무리 말씀드려도 이해하지 못하셨다. 손녀가 제 신랑하고 한방에 있는 걸 보면 저놈이 누군데 남의 집 처녀 방에 들었냐고 그 문 앞에서 안절부절못하셨다. 그런 증세가 점점 심해져서 나중엔 당신 아들도 못 알아보고 툭하면 댁은 뉘시유? 하면서 경계하고 두려워하는 눈빛이 되곤 했다. 마지막까지 알아보고 따른 건 나밖에 없었다. 나만 졸졸 따라다녀서 급한 볼일이 있어 외출을 해야 할 때는 몰래 따돌리느라 애를 먹었다. 그렇게 억지로 외출을 했다가 귀가가 늦은 날이었다. 그때는 그분도 많이 쇠약해지신 후여서 혼자서 걷지도 못하실 때였는데 식구들이 만류해도 듣지 않고 엉금엉금 기다시피 골목 밖까지 나와 며느리 오기를 기다리시다가 넘어지셔서 이마가 까지고 멍이 드는 큰 타박상을 입으셨다. 그 멍이 채 가시기 전에 돌아가셔서 내 마음을 두고두고 죄송스럽게 했다.

여든이 넘는 장수를 하시는 동안 그 많던 그분의 동기간은 다들 먼저 가버리시고, 남편도 외아들이었기 때문에 집안에 어른이라곤 없었다. 장례절차에 대해 아는 것도 없었고 의논할 데도 마땅치 않았다. 근래에는 종교의식을 치르는 집이건 안 치르는 집이건 거의 다 병원 영안실로 모시게 돼 있지만, 그때만 해도 병원에 입원했다가도 임종이 가까우면 집으로 모시는 걸 도리로 여길 때였다. 무종교인 집은 우선 장의사 먼저 불렀고 우리도 그렇게 했다. 장의사가 다 알아서 해주긴 하는데 처음부터 끝까지 흥정을 해야 했다. 사실 흥정이랄 것도 없었다. 이 정도로 살면 관은 얼마짜리 정도는 해야 하고, 수의는 얼마짜리 정도는 해야 된다는 식으로 바가지를 씌우려는 상혼을 노골적으로 드러냈다. 조금이라도 그 부르는 값에 이의를 제기할 눈치만 보이면 자식 된 도리가 아니라는 식으로 우리를 윽박질렀다. 그런 일은 누군가 대신 해줘야 하는데 경험이 없는 우리는 최선을 다하고 싶어 우리가 직접 관여한 게 결과적으로 그들에게 만만한 봉으로 보였대도 돌이킬 수 없는 일이었다. 우리가 당하기만 하는 걸 보다 못한 남편의 친구나 친척들이 중간에 끼어들어 장의사의 횡포를 완화해보려 했으나 때는 이미 늦어 자식의 마지막 효도를 왜 막느냐면서 상주인 우리 내외하고만 흥정을 하려고 했다. 비록 오랫동안 노망을 부리시긴 했어도 돌아가시자마자 황폐했던 표정이 말끔히 가시고 아기처럼 순한 표정을 회복한 걸 똑똑히 보았기 때문에 수의도 그분이 평소에 아끼시던 고운 비단치마저고리를 입혀드리고 싶었다. 그런 나의 제안은 장의사 사람들에 의해 본데없는 불효막심한 며느리로 그 자리에서 각하를 당했다. 이 정도로 사는 집이면 좋은 안동포로 갖은 수의를 해드리는 게 자식 된 도리라고 했다. 친척이나 친구들도 노환으로 오래 고생하시는 동안 수의 정도도 안 해놓은 나를 나무라는 투였다. 나는 '갖은 수의'라는 게 뭘 의미하는지 잘 알지도 못하면서 그렇게 하도록 했다. 예전에 하던 식의 구색을 고루 갖춘 수의를 그렇게 말한다는 건 나중에 알게 되었다. 수의를 다 입혀드리고 나서 유해를 여러 마디로 묶는 절차가 남아 있었다. 묶으면서 그 마디마디마다 상주가 돈을 찔러넣게 했다. 그건 고인이 저승길에 노잣돈으로 쓸 거니까 될 수 있는 대로 넉넉하게 넣어드려야 편안하게 가실 수 있다고 했다. 시키는 대로 했다. 입엔 동전을 물려드리라고 했다. 그 또한 시키는 대로 했다. 염습을 끝낸 장의사는 마디마디에 찔러넣은 두툼한 지폐는 날렵하게 꺼내 자기 주머니에 집어넣고 동전만 남겨놓았다. 저승길에 노잣돈은 그것으로 끝나지 않았다. 선산은 국도와 인접한 완만한 둔덕이어서 승용차나 영구차나 조금도 헐떡거리지 않고 진입할 수 있었다. 그러나 그때도 영구차는 몇 바퀴 안 구르고 멈춰 서서는 길에다 돈을 깔아야 움직이기를 반복했다. 신부 집에 함 들어올 때 신랑 친구들이 경사에 흥을 돋우려고 재미 삼아 하는 짓을 영구차 기사가 하니까 상제가 나서서 뭐라 할 수도 없고, 그저 일을 조용히 끝내고 싶은 일념 하나로 하라는 대로 따를 수밖에 없었다.

시어머님의 장례를 이렇게 치르고 나서 나는 오랫동안 죄책감에 시달렸다. 그분은 종교도 없었고 학교도 안 다녔지만 인간을 아끼고 생명을 존중하는 경건하고 아름다운 영혼을 지니신 분이셨다. 만일 장례란 누구나 다 그렇게 치르는 거라면 구태여 죄책감을 느낄 것도 없었을 것이다. 내가 그전에 가본 문상 중에서 나도 죽으면 저런 대접을 받고 싶다는 생각이 들 만큼 인상 깊은 장례식은 거의가 천주교 의식의 영결미사였다. 영결미사는 고인이 부자든 가난하든 명사든 보통 사람이든 관계없이 고인이 이 세상을 살아냈다는 데 대한 극진한 대접을 한다. 본 적은 없지만 사형수의 죽음이라 해도 천주교에서는 이런 존엄한 대접을 해줄 것 같다. 고인을 다시는 만날 수 없다는 절망보다는 큰 평화 안에서 다시 만날 수 있을 것 같은 희망을 갖게 하는 장례미사를 보고 나면 인간이란 슬픔에 의해서도 얼마든지 정화될 수 있다는 걸 깨닫게 된다. 슬픔이 있는 기쁨이랄까. 그건 죽은 사람이 산 사람에게 남기고 가는 선물일 수도 있었다. 이 세상에 온 새 생명을 맞는 의식을 종교의식처럼 정성을 다해 경건하게 치르던 그분은 어디서 배운 바 없이도 천성적으로 생명의 존엄함을 알고 계셨던 분이다. 자식과 손자들을 받들어 모시듯이 키운 분이라면 이 세상에서 해야 할 일을 다 하고 가시는 마당에 그애들로부터 합당한 감사와 공경과 애도를 받아야 마땅하지 않았을까. 하지만 우리는 그렇게 못 해드렸다. 부모가 아닌 남한테도 우리가 대접받고 싶은 대로 남을 대접하는 게 도리거늘 나는 내가 시부모님에게 해드린 것 같은 대접을 받고 싶지 않아서 가톨릭 신자가 되었다. 이렇게 불순하고 이기적인 며느리지만 그분이라면 저승에

164

서도 괜찮다, 괜찮아, 라고 고개를 끄덕이실 것이다. 나는 그분이 그리스도를 모르고 돌아가셨다고 해서 지옥에 가셨으리라고 생각해본 적은 한 번도 없다. 만일 천주교 교리가 그렇게 가르쳤다면 나는 천주교를 믿지 않았을 것이다.

시어머님의 장례를 치르고 나서 영세를 받을 것을 진지하게 생각했다고 해서 단지 장례미사의 아름다움에 감동했기 때문만이었다고는 말 못 하겠다. 상식으로 또는 교양으로 알고 있는 성경 말씀을 그냥 좋아했었다. 납득할 수 없는 몇 군데를 건너뛰고 나면 조금도 낯설지 않고 어디서 많이 듣던 소리처럼 친근했다.

나는 개성에서 20여 리 떨어진 산골에서 태어났다. 가난하지만 학문을 즐기고, 체면을 중시하는 선비 집안이었다. 아버지를 일찍 여의었지만 할아버지의 각별한 사랑을 받아 부성애에 대한 결핍감은 거의 모르고 자랐다. 아들 셋을 다 장가 들인 후에도 한집안에 거느리고 사셨던 할아버지가 가족을 통솔하는 통치이념은 철저하게 유교적이었다. 측은지심(惻隱之心)과 수오지심(羞惡之心)을 사람다움의 근본으로 늘 강조하신 거나, 네가 싫은 것을 남에게 베풀지 마라, 잔칫집이나 친척집에 손님으로 가서 윗자리에 앉지 마라, 일꾼이 게으르게 굴었다고 품삯 깎지 마라, 등등 집안에서 흔히 듣던 할아버지의 훈계와 뜻을 같이하는 구절이 성경에서도 제일 먼저 마음에 와닿았다. 예수님께서 비유로 말씀하시는 것도 우리 집 가풍과 비슷한 것 같았다. 누구 집에서나 아이들에게 나쁜 짓을 멀리하고 착한 일을 하도록 가르치는 건 유아교육의 기본일 것이다. 엄한 할아버지 모시는 우리 집 분위기도 물론 그랬지만 덮어놓고 야단치고 훈계하는 게 아니라 재미있고 단순한 이야기를 통해 가르치셨다. 어려서 많은 이야기를 듣고 자랐다는 건 내 유년기의 가장 큰 축복이었다고 생각한다. 예수님이 단순하고 알아듣기 쉬운 비유로 말씀하신 게 마음에 들었다. 누가복음에서 마르타와 마리아의 얘기를 읽으면서는 예수님을 우리 할아버지로 착각할 정도였다. 할아버지는 그 시절의 유학자로는 드물게 아들 딸, 손자와 손녀를 차별하지 않으셨다. 특히 배우고 싶어 하면 손자든 손녀든 차별하지 않고 기특해하시고 밀어주셨다. 손녀 중에서는 내가 유일하게 사랑에서 나보다 큰 동네 머슴아들과 함께 천자문을 익혔을 뿐 아니라 넉넉지도 않은 집안 형편에 걸맞지 않게 초등학교부터 서울서 다닐 수 있었다. 그때의 시대상이나 우리 집 형편으로 봐서 어떻게 그럴 수가 있었을까, 그때는 특별히 고마운 줄 모르다가 철들면서 내가 누린 특혜를 신기해하는 느낌은, 신약을 읽으면서 그 시대에 예수님은 여성을 어쩌면 이렇게 차별하지 않을 수 있었을까, 신기해하는 마음과도 비슷하다. 그렇다고 우리 할아버지가 성경을 읽으신 건 아닐 것이다. 평생 맹자 왈, 공자 왈밖에 모르시던 분이다. 그러니까 그런 공통점은 고등 종교끼리의 공통점이라고 생각한다. 사랑과 인(仁)이 다른 것이 아니듯이.

사람 노릇의 근본을 설한 걸로 보면 유교로도 부족함이 없는데 왜 그리스도를 따로 믿어야 됐는지, 종교(宗敎)를 문자 그대로 으뜸가는 가르침이라고 생각할 때 유교로도 부족함이 없었지만 신앙으로서는 좀 부족하다고 생각한 것 같다. 유교에는 고통 중에 기도하고 매달리고 의논할 수 있는 초월적인 존재가 없다. 아무리 악을 멀리하고 선을 행하기에 힘쓰는 도덕적인 인간이라도 이성으로 해결할 수 없는, 매달리고 기도하고 싶은 때가 있는 법이다. 특히 죽음의 문제에 있어서 그러했다. 내가 죽을 때도 물론 그러하겠지만 가족이나 친지가 죽어갈 때도 사람은 누구나 죽음이 마지막이 아니라는 희망을 갖고 싶어 한다. 안 죽게 해달라고 매달릴 때도 절대자를 찾게 되지만, 마침내는 죽음의 손에 목숨을 내맡길 때도 이 세상에 내 뜻으로 온 것이 아니듯이 거두어가는 손길을 느끼고 그 손길 안에서 영원한 안식을 얻고 싶어 한다. 죽을 때 우아하게 죽고 싶어서, 행복할 때 감사하고, 불행할 때 기도하고 싶어서, 자신의 존재가 불안하게 흔들릴 때 의지하고 싶어서 그리스도를 믿게 되었다.

유교적인 집안이라고 기도를 안 하는 건 아니다. 한국전쟁 때 북으로 끌려간 오빠의 생사를 모를 때 엄마는 새벽이고, 밤이고, 끼니때고 아무 데나 대고 빌고 또 빌었다. 부뚜막에 오빠의 밥그릇에다 밥을 담아놓고도 빌었고, 장독대에 정안수를 떠놓고도 빌었고, 하늘 보고 북두칠성한테도 빌었다. 까치가 짖으면 고마워서 까치한테도 두 손을 모았고, 까마귀가 짖으면 까마귀한테 삿대질을 하며 저주를 퍼부었다. 체면을 중시하던 분이 이성을 잃으니 미친 사람 같아서 집안 식구를 불안하게 했다. 전쟁이 끝나고 엄마의 모든 정성은 무위로 돌아갔다. 엄마는 그 후 절에 다니시면서 마음을 달래시다가, 말년에는 독실한 불교신자가 되셨다. 기도는 사람의 정신을 돌게 하는 게 아니라 바로잡아주는 것이고, 바로잡는다는 건 중심을 잡아주는 일이 아닐까. 종교의 다름은 그 중심에 누구를 세우냐의 차이일 뿐이라고 생각한다. 내가 경험한 기도의 묘미는 잗다란 기도는 잘 들어주시는데 큰 기도는 잘 안 들어주신다는 것이다. 큰 기도는 과욕이나 허욕 아니면 신의 영역을 넘보는 기도였으니 안 들어주시는 게 당연하고, 잗다란 기도는 잔 근심에서 나온 것이니 그런 잗다란 근심은 기도하는 과정에서 최선의 방법을 찾게 되니까 들어주실 수밖에. 기도의 은총은 이루어지고 안 이루어지고에 있는 게 아니라 예수 그리스도의 이름으로 기도하고 나면 마음이 편안해지니까, 기도한다.

앞에서 하던 얘기로 돌아가서, 시어머님의 장례를 치르고 나서 종교를 가져야 되겠다는 생각을 진지하게 했다고 했지만 실지로 영세를 받기까지는 사오 년이 더 걸렸다. 그때 살던 동네엔 가까이에 성당도 없었고, 가톨릭 신자가 되려면 뭘 어떻게 해야 된다는 걸 가르쳐주는 사람도 없었다. 주일에 명동성당에 몇 번 가본 적이 있지만 그게 교리공부 등 신앙생활로 연결되지는 않았다. 마치 기독교 염탐을 다니듯이 전통 있는 개신교회도 몇 차례 기웃거려보았지만 어디서도 마음이 크게 움직이진 않았다. 그러다 단독주택에서 잠실에 있는 아파트로 이사를 가게 되었다. 새로 생긴 아파트 단지 상가 2층에 성당이 들어섰다. 그해 크리스마스이브에 아이들은 제각기 약속이 있다고 시내로 놀러 나가고, TV에서도 젊은이들이 쌍쌍이 혹은 떼를 지어 시내 환락가에 넘치는 모습을 비춰주고 있었다. 그때만 해도 강남의 환락가가 아직 형성되기 전이어서 젊음과 환락의 본고장은 뭐니 뭐니 해도 명동이었다. 명동의 은성한 불빛과 곧 폭발할 듯 아슬아슬한 젊음의 활기를 화면으로 보면서 집에 단둘이 남은 우리 부부는 쓸쓸한 소외감을 느꼈다. 내가 먼저랄 것도 남편이 먼저랄 것도 없이 성당에나 가볼까, 한 것 같다. 바깥 날은 살갗을 저미듯 혹독했고 전철이 지나가는 굴다리 밑은 불빛도 인적도 없이 어둡기만 해서 성탄과는 상관없는 딴 세상 같았다. 큰마음 먹고 나설 때와는 달리 성당 밖에는 갈 곳이 없는 우리가 딱하고 청승맞게 여겨졌다. 상가 2층을 빌린 성당의 성탄 미사는, 신앙보다는 명동성당의 고딕식 건축미 때문에 머리 숙이고 숙연해졌던 성당 체험 때문인지, 도떼기시장을 방불케 했다. 사람들이 너무 많이 몰려 복도와 계단까지 붐비고 있어, 기대했던 엄숙한 분위기는 찾아지지 않았다. 성탄전야에 우리처럼 갈 곳 없는 사람들도 이렇게 많구나, 그나마 이런 동류의식이 약간의 위안이 되었다. 이윽고 미사가 시작되자 무질서는 거짓말처럼 해소됐고 자발적인 질서와 엄숙하고도 화해로운 분위기가 되었다. 젊은이들은 다 명동으로 나간 줄 알았는데 성당에 온 신도들의 연령층도 젊은 부부와 청소년층이 압도적이었다. 남들이 하는 대로 일어섰다 앉았다를 되풀이하면서 장장 세 시간에 걸친 자정 미사를 보고 구유예배까지 보고 밖으로 나왔다. 그동안에 날이 바뀌어 성탄 새벽을 바라보는 시간의 추위는 어찌나 매서운지 이가 다 딱딱 마주칠 정도였다. 우리 부부는 조금이라도 덜 추

우려고 꼭 붙어서 걸으면서 우리가 지금 무슨 짓을 한 거지? 서로 물으면서 큰 소리로 웃었다. 누가 시킨 것도 아니고 오라고 권한 것도 아닌데 순전히 자발적으로 그리스도의 탄생을 마중 간 우리의 행동에 우리는 둘 다 뭐라고 말할 수 없는 기쁨을 느꼈다. 그 후 같은 성당에서 교리공부를 받기까지는 같은 단지에 사는 교우의 적극적인 권면이 있어서였지만 막상 영세를 받을 때도 그날 밤처럼 뜨거운 기쁨과 감동이 내 마음속 깊은 데서 우러난 적은 없다.

내가 먼저 영세를 받고 남편은 나보다 1년 늦게 받았다. 남편이 영세 받은 후 손잡고 같이 성당에 가서였다. 영성체 전에 다 같이 평화의 인사를 나눌 때였다. 그때 옆의 사람이 남편이란 걸 깜박 잊고 무심히 평화의 인사를 나누다가 깜짝 놀랐다. 아니 이 사람이 누구지? 나는 그 낯익은 얼굴이 처음 보는 이웃보다 더 낯선 데 경악을 금치 못했다. 보통 때 나란히 앉은 교우끼리 또는 앞뒤로 앉은 교우끼리 평화의 인사를 나누는 시간은, 미사만 끝나면 뿔뿔이 흩어져 남이 되는 교우끼리지만 그때만은 서로 친애감을 확인하고 축복을 교환할 수 있는 귀중한 시간이다. 나처럼 주일미사 나가는 것 말고는 봉사하는 것도 없는 사람은 교우들 얼굴을 익힐 새도 없기 때문에 그때만이라도 좋은 인상을 남기고 싶고 또 좋은 표정과 만나고 싶어 한껏 부드러운 미소를 짓다 보면 상대방도 조금도 낯설지 않고 어디서 본 듯한 착한 이웃으로 다가온다. 비록 잠깐이지만 처음 보는 사람도 서로 낯설지 않게 맺어주는 귀한 친교의 시간에 평생을 같이 산 사람에게 느닷없이 낯가림을 한 것은 무슨 조화일까. 아니, 저 사람이 누구지? 저 초라한 중늙은이는 누구란 말인가? 나는 내 남편의 낯섦에 놀라 표정이 굳어졌다. 그가 난 줄 알고 살아왔다. 그는 뭐든지 나 하라는 대로 하는 사람이었다. 가족을 위해 고달프게 돈을 벌고, 아이들에게는 믿음직스럽게 굴어야 하는 가장이었다. 그가 번 돈은 내 돈이었고 내 생각은 그의 생각도 된다는 걸 믿어 의심치 않았다. 순간적인 돌연한 낯섦이 이런 나의 관습적인 생각에 충격이 되었다. 내 몸과 동일시하는 데 익숙해져 있던 남편을 독립된 타자로 바라볼 수 있었던 것은 내가 가톨릭을 믿고 나서 유일하게 경험한 신비체험이다.

개인에게뿐 아니라 가톨릭에는 관습을 뚫고 새로워지는 어떤 힘이 있는 것 같다. 성령의 힘이랄까, 2천 년이 넘게 이어져 내려오는 종교가 관습화되지 않고 새롭게 태어나기를 거듭하는 힘에서 가톨릭의 위대성을 느낀다.

음식
이야기

° 비 오는 날의 메밀 칼싹두기

　비 오는 날이면 요즈음도 나는 수제비가 먹고 싶어진다. 그건 아마 어린 날의 메밀 칼싹두기와 관계가 있을 것이다. 벽촌의 비 오는 날의 적막감은 내가 아직 맛보지 못한, 그러나 장차 피할 수 없게 될 인생의 원초적인 고독의 예감과도 같은 것이었다. 사랑채 툇마루에 오도카니 앉아 있으면 비에 젖어가고 있는 허허벌판과 큰 나무들과 나직한 동산과 몇 채 안 되는 초가지붕과 불어나고 있는 개울물이 한눈에 들어왔다. 그럴 때면 대식구 속에서 귀염 받는 어린것이었음에도 불구하고 핑계만 있으면 울어버리고 싶게 청승스러워지곤 했다. 그런 날은 아마 나뿐 아니라 식구들이 제각기 다들 까닭 없이 위로받고 싶어지는 날이 아니었을까. 할머니나 엄마 아니면 작은엄마 중 누가 먼저랄 것도 없이 칼싹두기나 해 먹을까 하는 소리가 나왔다.

우리 집에서 칼싹두기 하면 그건 으레 메밀로 하는 걸로 돼 있었다. 밀가루로 하는 칼국수보다 면발이 넓고 두툼하고 짧아서 국수보다는 수제비에 가까웠다. 그건 아마 꼭 그렇게 해야 된다는 조리법이 있는 게 아니라 메밀가루가 밀가루보다 덜 차지기 때문에 저절로 그리되었을 것이다. 마을에서 메밀밭을 따로 본 기억은 없다. 물이 풍부하고 벌이 넓어서 논농사가 주였고 밭농사는 자급자족할 수 있는 텃밭 정도였다. 텃밭에서도 이효석이 소금을 뿌려놓은 것 같다고 절묘하게 표현한 메밀꽃을 본 기억이 없으니 아마 텃밭머리에서 뒷동산으로 올라가는 척박한 둔덕 같은 데다 베갯속이나 별식용으로 조금 심었을 것이다. 메밀가루도 밀가루도 집에서 맷돌에 갈아 체로 친 거였으니까 요새 우리가 먹는 것보다 훨씬 거칠고 빛깔도 희지 않았다. 그중에도 메밀은 더 누렇고 거뭇거뭇한 티도 많았다. 그걸 적당히 반죽해 다듬잇방망이로 안반에다 밀어서 칼로 썩둑썩둑 썰어서 맹물에 삶아 약간 걸쭉해진 그 국물과 함께 한 대접씩 퍼 담는 것으로 요리 끝이었다. 간은 반죽할 때 하는지 삶는 물에다 소금을 치는지 잘 모르겠다. 따로 양념장을 곁들이지도 않고 꾸미를 얹지도 않았다. 따뜻하고 부드럽고 무던하고 구수한 메밀의 순수 그 자체였다. 또한 그때만 해도 한 가족끼리도 아래위 서열에 따라 음식 층하가 없을 수 없는 시대였지만 메밀 칼싹두기만은 완벽하게 평등했다. 할아버지 상에 올릴 칼싹두기라고 해서 특별한 꾸미를 얹는 일도 없었지만 양까지도 어른 아이 할 것 없이 막대접으로 한 대접씩 평등했다. 한 대접으로는 출출할 장정이나 머슴은 찬밥을 더 얹어 먹으면 될 것이고, 한 대접이 벅찬 아이는 배를 두들겨가며 과식을 하게 될 것이나 금방 소화가 되어 얹히는 일이 없었다. 땀 흘려 그걸 한 그릇씩 먹고 나면 배 속뿐 아니라 마음속까지 훈훈하고 따뜻해지면서 좀 전의 고적감은 눈 녹듯이 사라지고 이렇게 화목한 집에 태어나길 참 잘했다는 기쁨인지 감사인지 모를 충만감이 왔다. 칼싹두기의 소박한 맛에는 이렇듯 각기 외로움 타는 식구들을 한식구로 어우르고 위로하는 신기한 힘이 있었다.

꿩 대신 닭이라고 요새도 비 오는 날이면 밀가루 수제비라도 먹고 싶어진다지만 같이 먹을 사람이 없으면 수제비를 뜨지 않는다. 나는 단지 내 입맛만을 위한 요리도 즐겨 하는 편인데 수제비만은 혼자 먹으려고 하질 않는다. 내가 잊지 못하는 건 메밀의 맛보다 화해와 위안의 맛이 더 크기 때문일 것이다.

근래에 기적처럼 메밀 칼싹두기를 먹어본 적이 있다. 조각

가이자 미식가로도 소문난 이영학 씨 댁에서였는데 끓는 물에 삶아 건진 칼국수를 찬물에 재빠르게 헹구어 일식집에서 메밀국수 국물로 나오는 것과 비슷한 양념국물에 찍어 먹으라는 것이었다. 칼국수와 소바를 짬뽕해놓은 것 같아 그닥 맛있을 것 같지 않았는데 맛을 보니 기가 막혔다. 양념국물 때문이 아니라 국수 자체가 그렇게 깊고 편안하고 감칠맛이 있었다. 칼국수와도, 파는 소바와도 닮지 않은 이 맛은 무엇일까? 그 맛 속에는 나를 끌어당기는 특별한 무엇인가가 있었다. 아니나 다를까 그건 메밀가루로 만든 국수였고 만드는 방법도 큰 도마에다 밀어서 칼로 썬 옛날 우리 집에서와 같은 수제였다. 다만 메밀가루가 정제된 고운 것이어서 옛날의 칼싹두기보다 훨씬 하얘졌을 뿐이었다. 그러면 그렇지, 옛날 맛에 대해 치사할 정도로 집요한 내 입맛에 나는 속으로 실소를 금치 못했다. 한 식탁에서 그것을 맛본 딴 손님들도 다들 그것을 맛있다고 했지만 나하고는 달랐다. 나의 찬탄은 거의 감동 수준이었다. 나는 그 메밀 칼국수를 한 번 맛본 걸로는 성이 차지를 않아 한 번 더 초대해주길 간청해서 실컷 먹어보았다. 이 글을 쓰기 위해 그 댁에 전화를 걸어 그 재료를 어디서 구했는지 알아보았는데 농협에서 산 봉평 메밀가루에 약간의 밀가루를 첨가한 거라고 했다.

° 생일날의 수수팥떡

계집애는 열 살 될 때까지 생일날 수수팥떡을 해줘야 된다는 건 우리의 민속인지 또는 우리 집안에만 전해 내려오는 가풍인지 그건 잘 모르겠다. 말은 열 살까지라 해놓고 초등학교 졸업할 때까지, 그러니까 열네 살까지도 생일날은 미역국과 함께 수수팥떡을 먹지 않으면 안 되었다. 먹지 않으면 안 되었다는 것은 즐겨 먹지는 않았다는 소리다. 생일이 여름방학에도 겨울방학에도 해당 안 되는 철이라 서울 와서 학교 다니면서 생일을 챙겨줄 사람은 엄마밖에 없었는데도 할머니는 혹시 엄마가 수수팥떡 해주는 것을 잊을세라 붉은 팥과 수수를 부쳐주시곤 했다. 시골서 할머니가 손수 생일을 챙겨주실 때도 행여 수수팥떡을 빠뜨리면 큰일 날 것처럼 정성을 기울이는 할머니의 태도에는 어딘지 주술적인 데가 있었다. 오빠에게도 안 해주는, 나에게만 쏟는 그런 정성이 막연히 기분 나빴다. 집안 어른 중에도 특히 할머니는 모든 귀하고 맛난 음식은 아들 손자 우선으로 챙기셨는데 수수팥떡만은 예외인 것이 아무래도 수상쩍었다.

민족이나 마을 공동체에는 으레 전해 내려오는 설화가 있고, 그게 현재를 사는 사람들의 생활이나 사고방식에 은근한 영향을 미치는 것처럼 개인에게도 한두 가지의 그런 전설은 있는 법이다. 내 기억에는 없는데 나를 기르면서 지켜봐준 어른들이 유별나게 반복해서 증언하는 걸 듣게 되면 상상력이 발동해 기억하는 사실보다도 더 생생하게 떠오르는 장면이 있게 된다. 할머니나 고모한테 업혀 다녔을 때라고 하니까 도저히 기억이 미칠 수 없는 유아기일 것이다. 나는 저녁노을만 보면 무서워하면서 어른 등에다 얼굴을 파묻고 불에 덴 듯이 울었다고 한다. 나는 이런 나의 전설에다 살을 붙여 그때 그 어린것한테는 피투성이가 되어 내던져진 이 세상에 대한 공포감이 아직 남아 있었을 거라고 짐작하곤 했다. 전설시대 이후, 내 기억이 미치는 어릴 적 우리 마을의 노을은 무시무시하게 낭자한 핏빛이었다. 특히 노을 진 들판 밭머리에서 건들대는 피딱지 빛깔의 껑충한 수수이삭을 바라보면 까닭이 없이 오히려 더 절절한 전생의 설움 같은 게 복받치곤 했다. 겨울이나 봄, 여름에도 저녁노을이 유난스럽게 붉은 날은 있었으련만 내 기억 속의 저녁노을은 꼭 피딱지 빛깔의 수수이삭하고 같이 떠오른다.

열 살 될 때까지 할머니가 생일날 꼭 먹이고 싶어 했던 수수 팥떡도 붉은 빛깔이었다. 떡도 생생한 붉은빛이었지만 팥도 거피하지 않은 붉은 팥이어야만 했다. 흰 밥과 흰 닭고기가 듬뿍 든 까만 미역국은 이 집안에서 존중받고 있다는 안도감을 주는 편안한 생일 음식이었던 데 반해 시뻘건 수수팥떡은 어딘지 불편했다. 오빠는 고기를 아주 안 먹는 것도 아니면서 집에서 기르던 닭이나 돼지를 잡아 만든 음식은 입에 대기를 꺼려했다. 그런 오빠를 어른들은 사내녀석이 저렇게 마음이 약해 무엇에 쓰느냐고 걱정했지만 나는 고기를 먹으면서 그 짐승이 살았을 때 생각을 한 것 같진 않다. 근데 왜 수수팥떡을 보면 핏빛처럼 붉은 저녁노을과 함께 수수의 근본이 떠올랐을까. 어린 나이에도 그 떡을 안 해주면 큰일 날 것처럼 정성스럽게 챙기는 할머니의 태도에서 지나치게 민감하게 태어난 손녀에게 따라다닐지도 모를 살(煞)을 제해주고 싶은 주술적인 의식의 기미 같은 게 느껴져서가 아니었을까.

생일 수수팥떡은 요새도 떡집에서 사 먹을 수 있는 수수경단하고 비슷한 맛이고 만드는 방법도 비슷하리라고 생각한다. 다만 모양이 지금 것보다 훨씬 투박하고 컸다. 반죽한 수수가루를 아이들 손바닥만 한 크기로 두둑하고 동그스름하게 빚어서 끓는 물에 넣었다가 익어서 둥둥 떠오르면 조리로 건져서, 푹 삶아서 푸슬푸슬하게 으깬 붉은 팥고물에 굴리면 된다.

° 박적골의 참게장

바다가 어떻게 생겼는지 소학교 4학년 때 인천으로 수학여
행 가서 처음 보았지만 태어난 마을은 넓은 벌판 도처에 맑은
개울물이 그물망처럼 흐르고 있어서 잗다랗고 하찮은 민물고
기들은 어려서부터 지천으로 보았다. 동무들하고 삼태기나 체
를 가지고 개울로 나가 삼태기로 여울목을 막고 위에서 첨벙
대며 물고기를 모는 시늉을 한참 하고 나서 건지면 보리새우
가 곧 많이 잡혔다. 다슬기나 버들치도 같이 잡혔지만 다 놓아
주고 보리새우만 집으로 가져가면 어른들은 야단도 안 치고
환영하지도 않고 그냥 아무렇지도 않게 된장을 푼 아욱이나
우거지 국에 들어뜨리고 말았다. 빨갛게 익은 새우가 둥둥 뜬
된장국은 맨된장국보다 훨씬 달았는데도 부엌에서 그걸 크게
반긴 것 같지는 않다. 어른들의 그 무심한 태도 때문인지 삼태
기를 놓고 새우를 잡는 일은 물장난의 해롭지 않은 부산물 정
도로밖에 생각나지 않는다. 그러나 벼가 누렇게 익을 무렵 논
에서 부글부글 거품이 나오는 게 구멍을 발견하고 손을 넣어
엄지발가락에 털이 난 참게를 잡는 일은 스릴 있고 실속 있는
놀이였다. 할머니가 반기는 노획물이었는데 딱지가 동그스름
한 암게는 따로 두고 수게는 볶아서 저녁상에 올리기도 하고

한두 마리일 적에는 화롯불에 구워주기도 했다. 익어서 붉은 색을 띤 딱지 속에 가득 든 노란 알의 맛을 무엇에 비길까. 사납게 생긴 털 난 집게발가락을 깨뜨리고 파 먹는 그 안의 살의 맛 또한 무엇과도 바꿀 수 없는 미미(美味)였다. 그러나 고약처럼 새까맣고 끈끈한 암게의 장과는 격이 달랐다. 나는 겁이 많아 게를 많이는 못 잡았고 더군다나 귀한 암게는 어쩌다나 걸렸을 테니까 가을에 항아리에 가득히 담는 게장은 아마 전문으로 잡는 사람을 시켰든가 사들였을 것 같다. 할머니가 가마솥을 가실 때나 쓰는 손잡이가 길고 억센 솔로 참게를 손질하시는 동안 나는 옆에서 망을 보았다. 손질이 끝난 게나 안 끝난 게나 다들 왕성하게 살아 있어서 와삭와삭 소리를 내며 항아리 언저리로 기어 나오길 잘했다. 나는 막대기를 들고 지키고 있다가 언저리를 넘으려는 게를 톡 치면 다시 항아리 안으로 떨어지곤 했다. 그래도 놓친 게는 부엌바닥을 옆으로 빠르게 기어 어디론지 도망쳤다. 할머니는 질겁하며 잡아들이면서 게가 쥐구멍으로 들어가면 생전 가난하단다, 라고 하셨다. 게가 쥐구멍으로 들어가면 그 집이 생전 가난하다는 소리는 그 후 서울 시집에서 게장을 담글 때도 시어머니한테 들었으니 꽤 널리 분포된 속설이었던 듯하다. 가난이 무언지 모를 때라 겁날 건 없어도 게하고 쥐하고 싸우면 누가 이길까 궁금했지만 할머니의 엄숙한 경고 때문에 감히 실험해보진 못했다.

할아버지는 당신 상에나 올릴 것 같은 특별한 별식이 있을 때만 일부러 손녀를 불러 겸상을 명하셨지만 나는 그런 특혜를 좋아했던 것 같지는 않다. 특히 수염이 빠졌다 나온 고기 국물을 남겨주시는 건 질색이었다. 그러나 게장이 오를 때는 아니었다. 할아버지는 암게 딱지 속에 든 고약처럼 새까만 게장을 당신 젓가락 끝으로 꼭 귀이개로 퍼낸 것만큼 찍어서 밥숟가락 위에다 얹어주시곤 했다. 아, 그 맛을 무엇에 비길까. 그건 맛의 오지, 궁극의 비경(秘境)이었다. 아무리 작은 양이라도 혀 전체가 반응하고, 입안의 점막까지도 한번 그 맛을 보면 생전 잊지 못한다. 그 맛은 딱지와 간장에도 깊이 배 있어서 빈 딱지에다 밥을 몇 번을 비벼도 밥은 맛있고도 맛있었다. 파주 게가 진상 게라지만 박적골(우리 마을 이름) 게 맛만은 못할걸. 할아버지도 이렇게 게장 맛을 상찬해 마지않으셨다. 아닌 게 아니라 50년대 초반까지도 서울 거리엔 살아 꿈틀대는 민물참게를 암게, 수게 따로 열 마리씩 새끼줄에 엮은 걸 어깨에 걸고 다니면서 파주 게 왔다고 외치고 다니는 풍경을 볼 수 있었고, 서울 토박이인 시집에서도 게장을 담갔지만 박적골 게장 맛엔 댈 것도 아니었다. 그러다가 민물게가 디스토마를 옮긴다고 해서 안 담그는 사이에 하천이 오염되면서 게장수도 사라지고 시장에서도 참게를 찾아볼 수 없게 되었다. 근래엔 섬진강, 임진강, 한탄강에서 다시 참게가 나고 강변엔 그걸 요리해 파는 집도 있다는 소릴 듣고 마치 진리를 찾아 헤매듯 불원천리 찾아다녀도 보았지만 내 입맛엔 다 가짜였다. 참게로 고추장찌개를 끓이다니, 그것도 마땅치 않았지만, 게장이라고 내온 것도 수게에게도 있는 노란 장을 부득부득 암게의 알이라고 우기면서 까만 장에 대해 아무리 설명해도 못 알아들었다. 그 옛날의 까만 장은 암게의 알이었을까, 내장이었을까, 박적골 게한테만 있는 특별한 거였을까.

° 강된장과 호박잎쌈

애호박이 가장 잘 열리고 또 예쁠 때는 처서 지나 찬바람 날 무렵이다. 나는 왜 못생긴 여자를 호박 같다고 하는지 잘 이해가 안 된다. 반들반들 윤기가 나고 허리가 잘록한 애호박을 보면 뭐 해 먹겠다는 예정 없이도 무조건 사고 본다. 또 길 가다 남의 집 담장이나 울타리를 타고 올라간 호박 덩굴 사이에서 동그란 토종 애호박을 발견하면 도심(盜心)까지 동해 괜히 주위를 두리번거리게 된다. 호박잎이 가장 부드럽고 맛있을 때도 바로 찬바람 날 무렵이다. 예전 같으면 곧 김장밭을 갈기 위해 걷어버리기 전의 호박잎이다. 그러나 여름이라도 연하고 어린 호박잎을 골라서 딸 수만 있으면 된다. 싱싱한 호박잎을 잎맥의 까실한 줄기를 벗기고 깨끗이 씻어서 뜸 들 무렵의 밥 위에 얹어 부드럽고 말랑하게 쪄내는 한편 뚝배기에 강된장을 지진다. 된장이 맛있어야 된다. 된장을 뚝 떠다가 거르지 말고 그대로 뚝배기에 넣고 참기름 한 방울 떨어뜨리고 마늘 다진 것, 대파 숭덩숭덩 썬 것과 함께 고루 버무리고 나서 쌀뜨물 받아 붓고 보글보글 끓이다가 풋고추 썬 것을 거의 된장과 같은 양으로 듬뿍 넣고 또 한소끔 끓이면 되직해진다. 다만 예전보다 간사스러워진 혀끝을 위해 된장을 양념할 때 멸치를 좀 부숴 넣어도 좋고, 호박잎을 밥솥 대신 찜통에다 쪄도 상관없다. 쌈 싸 먹는 강된장은 슴슴하고도 되직해야 하기 때문에 집된장이 좀 짠 듯하면 양파와 표고버섯을 잘게 썰어 넣으면 되직해지면서 맛도 더 좋아지지만 이 강된장에서 가장 중요한 건 풋고추이다. 풋고추의 독특한 향기는 강하되 매운맛은 너무 독하지도 밍밍하지도 않은, 생으로 아작 깨물고 싶게 싱싱한 풋고추를 된장 반 풋고추 반이 되도록 넣어야 한다. 새로 지은 밥을 강된장과 함께 부드럽게 찐 호박잎에 싸 먹으면 밥이 마냥 들어간다. 그리고 마침내 그리움의 끝에 도달한 것처럼 흐뭇하고 나른해진다. 그까짓 맛이라는 것, 고작 혀끝에 불과한 것이 이리도 집요한 그리움을 지니고 있을 줄이야. 그 맛은 반세기도 너머 전의 고향의 소박한 밥상뿐 아니라 뭐든지 덩굴 달린 것들은 기를 쓰고 기어 올라가던 울타리와 텃밭과 장독대뿐만 아니라 마침내 고향에 당도했을 때의 피곤한 안도감까지를 선연하게 떠오르게 만든다. 뿐만 아니라 분수에 넘치게 비싼 음식이나 보기만 해도 뱃살이 오를 것이 걱정스럽게 기름진 양식으로 외식을 하고 나서 비위도 들뜨고 오장육부도 자리를 못 잡아 불편할 때 이걸로 입가심을 하면 비위와 속이 편안하게 제자리로 돌아온다. 그러나 너무 단순 소박하고 볼품이 없기 때문에 이걸로 손님 대접을 한 적은 없다. 이건 딴 음식하고 같이 내놓을 성질의 음식이 아니다. 밥하고 강된장하고 호박잎은 서로 완벽하게 궁합이 맞으니까 딴 음식에게는 배타적일 수밖에 없다. 손님이 아닌 내 자식들한테는 더러 해준 적이 있지만 맛있다고는 하면서도 나처럼 허둥대며 탐하진 않기 때문에 잘 안 하게 된다. 왜 이 음식만은 극찬을 받고 싶어하는지 나도 잘 모르겠다. 그러니까 이 음식은 순전히 나만의 입맛과 나만의 추억을 위한 음식인데도 1년에 몇 번은 해 먹는다.

내가 혼자 살게 된 후부터 남들이 가장 궁금해하고 걱정해주는 건 식사 문제인 것 같다. 혼자 사세요? 그럼 식사는요? 누구든지 이렇게 묻는다. 아마 밥보다는 반찬 걱정을 해주는 것 같아서 딸들이 가까이 살고 늘 밑반찬을 떨어질 새 없이 해 나른다고 말해도 소용이 없다. 그래도 그렇지요. 그 연세에 어떻게 진지를 손수 해 잡숫느냐고 상대방의 동정심은 수그러질 줄 모른다. 그럼 나는 조금 화가 나서 아니 내가 글도 쓰는데 그까짓 밥을 왜 못 해 먹느냐고 짜증을 내고 만다. 밥 하고 반찬 하는 건 손에 익으면 쉬워지지만 글 쓰는 일은 생전 해도 숙련이 안 되기 때문이다. 내 입엔 내 손맛이 가장 잘 맞는다. 행사나 모임이 겹쳐 내리 며칠을 외식만 할 적이면 마치 과로할 때 휴식을 갈망하듯이 어서 집에 가서 구수하고 간소한 식사를 하고 싶어진다.

젊었을 적의 내 몸은 나하고 가장 친하고 만만한 벗이더니 나이 들면서 차차 내 몸은 나에게 삐치기 시작했고, 늘그막의 내 몸은 내가 한평생 모시고 길들여온, 나의 가장 무서운 상전이 되었다. 몸에는 혀만 있는 게 아니다. 입맛이 원한다고 딴 기관에 해로운 걸 마냥 먹게 할 수도 없다. 내 몸의 그 까다로운 비위는 나 아니면 맞출 수가 없다. 또한 내 손맛에는 아무도 흉내 낼 수 없는 곰삭은 맛, 내 고향의 맛, 엄마의 손맛이 깃들어 있다. 그걸 기억하고 동의해주는 게 내 몸이니 나하고 내 몸이 가장 죽이 잘 맞을밖에.

이 세상엔 맛있게 만든 음식과 맛없게 만든 음식이 있을 뿐, 인간의 몸이 몇만 년에 걸쳐 시험해보고 먹을 만하다고 판단한 자연의 산물 중 맛없는 것은 없다고 생각한다.

나는 맛있는 것을 먹고 싶은 건 참을 수 있지만, 맛없는 건 절대로 안 먹는다.

내 소설 속의
식민지 시대

　금년 5월에 대산문화재단이 주최한 서울국제문학포럼에서였다. 나는 발표자도 토론자도 아니었지만 문학하는 사람으로 아주 무관심할 수만은 없어서 시간 나는 날 나가서 기웃대다가 마침 오에 겐자부로(大江健三郎) 씨의 발표장에 들르게 되었다. 그의 발표는 이미 끝난 듯 질문을 받고 있었는데 질문에 대답하기에 앞서 그는 자기 어머니 얘기를 하면서 그가 어려서부터 어머니한테 자주 들은 말이 '시카라레루 도고로니 이키나사이(야단맞는 데로 가라)'였다고 말했다. 그런 말을 전제로 답변을 시작한 걸로 봐서 내가 못 들은 우리 측의 질문은 아마도 일본인이나 일본제국주의에 대한 나무람이 아니었을까 짐작하게 되었다. 그의 답변 내용을 거의 다 잊어버린 지금까지도 '시카라레루 도고로니 이키나사이'라는 한마디는 또렷이 그리고 의미심장하게 기억하고 있는 것은 그게 단순히 오에 씨 어머니 개인의 좀 특별한 자녀교육관 정도가 아니라 일본인 공통의 태도나 어법에서 자주 접하게 되는 겸손과 교만을 둘 다 함축한 말로 들렸기 때문이다.

식민지 종주국이었던 나라가 식민지로 삼고 억압하고 착취했던 나라를 '시카라레루 도고로'로 인식하고 속죄하는 양 겸손을 떨어서 덧들이지 않으려 드는 것처럼 우리 또한 일본인을 접할 때 우정이나 친애감을 나타내기에 앞서 뭔가 트집을 잡고 야단을 쳐보고 싶은 충동을 경험하게 된다. 야단맞는 것을 두려워하지 않는 것도 일종의 교만이나 자신감인 것처럼 야단쳐야 체면이 서는 것처럼 느끼는 것은 열등감의 발로인지도 모르겠다. 한일 간에 식민지 종주국 국민과 식민지 백성의 관계가 끝난 지 60년이 지났건만 아직도 청산이 안 된 게 이런 유아적 정서적 식민지 근성이 아닐까 싶다. 나는 이 원고를 쓰기 전에 주최 측 요청으로 제목부터 정해서 알렸는데 제목을 정할 때만 해도 일본을 마음껏 비난할 수 있는 못된 일본인의 사례는 내가 써온 소설 속에서 얼마든지 찾아질 줄 알았다. 기대에 어긋나게도 그런 나쁜 일본인은 찾아지지 않았다. 그럼 왜 실제로는 그려보지 못한 나쁜 일본인을 그려본 것처럼 느낀 것일까. 나는 나 자신도 그렇게 생각하고 있고, 독자나 비평가도 경험한 것밖에 못 쓰는 작가로 알고 있다. 내 소설 속에 나쁜 일본인이 안 나오는 건 내가 개인적으로 나쁜 일본인을 경험해보지 못했기 때문일 것이다. 그 대신 우리가 지금까지도 일제시대라고 부르는 그 시절은 고약한 가위눌림처럼 그려져 있다.

내가 중학교 2학년 때 종전(終戰)이 되고, 우리나라는 일본으로부터 해방이 되었다. 그러니까 나는 일제시대에 태어난 셈인데도 갑자기 그 시대가 덮친 것처럼 그 이질감을 생생하게 기억하고 있다. 그건 나의 특이한 성장배경 때문일 것이다. 나는 1931년에 개성에서 10킬로 떨어진 산골 벽촌에서 태어났다. 20여 호의 마을이었는데 인삼농사와 벼농사를 겸한 자작농들이어서 그 시절의 딴 농촌보다 고루 넉넉하게 사는 편이었다. 그런 평등사회에서 우리 집은 특별한 지위를 누렸는데 양반 신분 때문이었고 서울 사람 행세 때문이었다. 개화기 때 반상(班常)의 차별은 공식적으로 철폐되었지만 우리 의식이나 풍속에는 엄연히 존재할 때고, 특히 농촌은 더했다. 할아버지가 길을 지나가면 동네 사람들은 비켜서서 고개를 숙이고 다 지나가실 때까지 기다리는 걸 어려서부터 보아왔다. 일제시대였다고는 하나 일본 사람은커녕 양복 입은 사람도 못 보고 자랐다. 내 기억으로는 일제의 본격적인 농촌 수탈은 중일전쟁을 일으키고부터고 2차대전으로 극에 달했다고 생각한다. 나는 일제시대에 태어났지만 여덟 살 때까지는 이조시대를 살았다. 아버지를 일찍 여의어 할아버지의 훈도를 많이 받았는데 그분은 양반 의식과 서울 사람이란 자존심으로 집안을 지배했다. 깍듯한 서울말만을 쓰게 함으로써 동네 아이들과는 거리를 두게 하였고, 일찍부터 글을 배웠다. 나는 한글을 언제 배웠는지 기억이 안 날 정도로 아주 어릴 적에 저절로 익혔다. 어른들이 전하는 말에 의하면 하룻밤 새에 깨쳤다고 했다. 그 덕에 총명하다는 소리를 들었고, 사랑에서 할아버지한테 한문을 배우는 영광을 누렸다. 총명하다, 계집애가 저리 총명해서 어쩔꼬 하는 걱정인지 칭찬인지 모를 소리를 줄곧 들으면서 나는 정말 내가 그런 줄 알았다. 내가 몸담고 사는 고장 사투리를 못 쓰게 했을 뿐 아니라 어른들에게 경어 쓰는 법, 사물을 정확하게 표현하고 발음하는 법도 수시로 지적당하면서 곧잘 익혀가서, 어른들의 사랑을 많이 받았다. 아버지 없이 자랐다는 소리를 안 듣게 하려는 이런 배려 때문에 일제시대를 살면서 이조시대의 양반집 규수 교육을 철저히 받은 셈이다.

그렇게 조부모 슬하에서 평화로운 유년기를 누리다가 갑자기 서울로 끌려와서 소학교에 입학하게 되면서 처음으로 일제시대라는 딴 세상과 맞닥뜨리게 된다. 나는 마치 생전 수영은

커녕 물이라면 먹는 물밖에 모르고 살다가 깊은 물 속으로 떠밀린 것처럼 허우적댔다. 제일 두려운 게 언어의 장벽이었다. 소학교에 들어가자마자 조선말은 한마디도 할 수 없었고, 국어 즉 일본어 상용을 철칙으로 했다. 교실로 들어가기 전 2주일쯤을 야외수업을 하면서 學校, 先生, 運動場, 便所, 敎室 등의 낱말을 일본말로 반복해서 가르쳤고, 곧 학교에 있는 사물과 규칙을 일본말로 익히는 데는 딴 아이에 비해 그다지 뒤지지 않았다. 그러나 그 과정을 지나 교실로 들어가 교과서로 수업을 받게 되면서 나는 일본의 '가타가나'를 도무지 외울 수가 없었다. 나는 결코 한글을 하룻밤에 익혔다고 전해지는 총명한 아이가 아니었다. 뭐라 설명할 수는 없었지만 한글은 '가'는 가라고밖에 읽을 수 없는 까닭을 가지고 있었다. 어떻게 자음과 모음이 합쳐져서 소리가 되나 하는 이치만 알면 그다음은 그야말로 하나를 가르치면 열을 알게 돼 있었다. 나는 일본의 '가타가나'의 글씨들이 왜 저를 '가'라고 또는 '아'라고 주장하는지 도무지 이해할 수 없었다. 덮어놓고 외야 하는데 그게 안 됐다. 나는 꼴찌를 못 면했고 학교생활이 지옥 같았다. 우리 집은 빈촌에 살면서도 교육열이 유난한 엄마 때문에 거주지를 옮겨서 중산층 동네에 위치한 학교로 보내졌기 때문에 나는 더욱 지진아 취급을 받았다. 잘사는 집 아이들은 학교 오기 전에

'가타가나' 정도는 다들 알고 왔기 때문이다. 1년을 꼬박 다니고 나서 교과서를 제대로 읽을 수 있었지만 입은 떨어지지 않았다. 친구가 없어서 교과서 외의 일본말을 쓸 기회가 거의 없었고 엄한 가정교육으로 말을 바르게 해야 한다는 강박관념이 있었기 때문에 나는 내 생각을 지어서 말할 자신이 없었다. 말을 못 해 반 아이들이 모두 보는 앞에서 오줌을 싼 적이 다 있다. 운동회 날이었는데 점심시간 빼고는 휴식시간이 따로 없이 온종일 응원도 시키고 출전도 시켰다. 변소에 가고 싶으면 선생님한테 허락을 맡으면 되는데 그 소리가 하기 싫어 주리참듯 하다가 폐회식을 위해 도열한 자리에서 오줌을 싸고 말았다. 그 자리에서 꺼지고 싶었고 그걸 목격한 모든 아이들이 다 지상에서 꺼져주기를 바랄 정도로 그 사건은 자존심에 엄청난 상처를 입혔다.

그래도 엄마는 언젠가 딸이 공부를 잘하게 되리라는 기대를 버리지 않고 학부형회 날은 거르지 않고 참석을 했다. 담임이 일본인 선생님일 때 엄마처럼 일본말을 모르는 학부모와 면담을 할 때는 반장을 통역으로 세웠다. 나는 엄마가 내 또래 아이의 입을 통해 내 낙제점수와 변변치 못한 행동에 대해 낱낱이 알게 하는 일을 견딜 수가 없었다. 그렇다고 엄마에게 학부모 날을 속일 용기도 나지 않았다. 선생님이 그래도 한마디 칭찬은 잊지 않았는데 그건 '오도나시이 코(얌전한 아이)'란 소리였다. 덕택에 엄마는 딴 일본말은 몰라도 그 말 한마디는 알아듣게 되었다. 담임선생 중에는 일본인이 아닌데도 우리 엄마처럼 일본말 모르는 학부모하고 대화할 때 통역을 쓰는 선생님도 있었다. 선생님을 하늘같이 아는 엄마도 그런 선생은 '같잖은 것들'이라고 강한 혐오감과 경멸감을 나타냈다. 나도 소설에서 식민지시대를 묘사할 때 나쁜 사람으로 묘사한 것은 거의 일본인의 앞잡이 노릇을 하는 순사나 면서기 등 조선 사람 하급관리들이지 나쁜 일본인은 거의 등장하지 않는다. 학교도 조선인과 일본인이 다니는 학교는 달랐고 동네도 일본인 거주지역이 따로 있었기 때문에 개인적으로 일본인과 접할 기회는 선생님 빼고는 전무해서 저절로 그리됐을 것이다.

　3학년이나 되고서야 겨우 성적이 중간 정도가 되고 선생님의 질문에도 대답을 할 수 있게 되었다. 공부하라고 상성을 하는 엄마를 안심시키는 일은 국어교과서를 소리 내어 읽는 일인데 결과적으로 그게 말문이 열리는 데 도움이 되었다. 나는 교과서에 나오는 좋은 동화나 시를 소리 내어 반복해서 읽으면서 조선말에는 없는 일본말의 '야사시사'에 조금씩 매료당하고 있었다. 이렇게 그 어려운 일본말과 화해하려는 즈음 2차대전이 나고, 생활필수품이 귀해지고, 식량이 배급제가 되고

인심이 흉흉해질 때 창씨개명령이 내렸다. 그 무렵 2년 연속 일본 사람이 담임이었는데 그 선생님에 대해서도 나는 따뜻한 기억을 가지고 있다. 그때 상황을 자세히 쓴 나의 자전적 소설 『그 많던 싱아는 누가 다 먹었을까』에서 한 대목을 인용하겠다.

우리는 창씨개명을 하지 않았다. 할아버지가 내 눈에 흙이 들어가기 전엔 그것만은 안 된다고 완강하게 나오셨기 때문이다. 호주의 권한은 그만큼 절대적이었다. 엄마는 그게 불안해서 자주 나에게 그 일본 선생이 너 성(姓) 안 갈았다고 뭐라지 않더냐고 물어보곤 했다. 내가 그런 일 없다고 하면 엄마는 네가 눈치가 없어서 그렇지 왜 구박을 안 하겠느냐고 엄마 편할 대로 넘겨짚곤 했다. 내가 운수가 좋아 그런 선생님을 만나서 그랬는지는 몰라도 한 반에 창씨 안 한 애가 서너 명밖에 안 남았을 때도 그런 애들을 선생님이 특별히 구박하거나 압박을 가한 것 같은 기억은 전혀 없다.

한참 시국이 어려울 때 담임을 맡았던 그 일인 선생님에 대한 이런 호의적인 기억은 그 밖에도 많다. 하나 더 인용하면

학부모회의 때마다 엄마가 빠지지 않고 참석하는 것도 창피

해 죽겠는데 어느 날 엄마가 수업 중에 느닷없이 나타났다. 뻣뻣하게 풀 먹인 무명 치마저고리를 입은 엄마가 고무신도 벗지 않고 교실 문을 드르륵 열었다. 일본인 남자 선생님이 담임할 때였는데 엄마는 마치 그가 일본인이라는 걸 모르는 것처럼 예절 바르고 어려운 조선말로 시골의 조부님이 위독하시다는 전보가 와서 딸애를 데리러 왔다는 뜻의 말을 했다. 선생님도 뭔가 심상치 않은 낌새를 챘는지 통역을 반장한테 시키지 않고 나를 불러 시켰다. 나는 그때 엄마가 쓴 장엄하기까지 한 고급의 우리말을 그대로 옮길 수 없는 게 억울하고 초조한 나머지 형편없는 통역을 했다. 아무튼 뜻은 전달이 됐으므로 선생님은 어서 가라고 허락을 했다.

여기서도 말에 대한 갈등이 나타나 있을 뿐 일본인 선생님에 대한 반감은 조금도 없다. 국어책만 열심히 읽다가 재미있는 동화책 읽는 데 재미를 들이면서 공부를 잘하는 축에 끼기 시작했다. 당시에는 상급학교 입학시험도 국어, 산수 두 과목만 봤기 때문에 두 과목만 잘하면 우등생 노릇을 할 수 있었다. 엄마는 딸을 당연히 일류학교 그중에도 월사금이 싼 공립학교에 보내고 싶어 했는데 창씨를 개명 안 한 게 걸림돌이 되었다. 그렇다고 창씨를 안 하면 좋은 학교 못 간다고 위협하는 선생님이 있었던 건 아니다. 엄마의 자격지심이었다. 결국 창씨개명 안 한 게 켕겨서 명문이지만 사립학교로 진학했다. 할아버지가 돌아가신 후였건만 호주가 된 오빠는 징병을 피해 군수공장에 다니면서도 할아버지의 유훈을 지켜 역시 창씨개명을 안 하고 버텼다.

여중 2학년 때 해방이 되었는데 해방될 줄 모르고 그해 봄에 일가가 고향으로 돌아갔다. 오빠가 비상시국을 피해 은둔하고 싶어 했고, 마침 일제가 정책적으로 서울시민을 농촌으로 소개(疏開)시킬 때였다. 고향으로 내려가기 전에 여자들도 나라를 위해 멸사봉공하는 길이 열렸다며 정신대라는 말을 처음 듣게 되었지만 강제성이 있다고 생각하진 않았다. 왜냐하면 정신대를 지원하면 군수공장에 가서 일하는 걸로 돼 있었고, 그때 이미 남녀 중등학교는 전시 비상체제여서 남학교는 군사훈련과 노력봉사에 동원됐고 여학교에서는 수업을 하루 두 시간으로 줄이고 군복에 단추 달기, 군수품인 운모(雲母)를 얇게 박리(剝離)하기 등 군수공장화 돼 있었기 때문이다. 학교에도 그런 시달이 내려온 것 같긴 하지만 강제성은 없었고, 물론 서울의 명문고에서 정신대에 지원하는 학생은 한 명도 나온 것 같지 않다.

그러나 일껏 비상시국을 피해 내려간 고향마을은 사정이 전혀 달랐다. 식량 수탈로 급속히 피폐해진 농촌이 인력 공출까지 강요당해 그야말로 공포의 도가니였다. 나는 내 또래의 동무들이 거의가 시집을 가버린 데 큰 충격을 받았다. 처녀뿐 아니라 청년도 없었다. 징병 아니면 징용으로 나가기 전에 씨라도 받아놔야 한다는 남자 쪽의 절박한 욕구와 정신대에 끌려갈 것을 두려워하는 처녀 쪽 사정이 맞아떨어진 급한 혼사의 결과였다. 숫자를 할당받은 면서기나 순사가 염탐을 다녔고, 딸을 미처 시집보내지 못한 집에서는 도시로 떠나보내기도 했다. 그런 데로 열다섯 살 먹은 처녀가 제 발로 걸어 들어갔으니 할머니가 전전긍긍할밖에 없었다. 그때 마침 이웃마을에서 끔찍한 일이 일어났다. 전쟁이 막바지에 접어들면서 식량난도 극심해져 농촌에서는 면서기나 순사가 정신대나 징용으로 뽑아갈 인원 염탐과 감춰둔 식량을 빼앗기 위해 수시로 돌아다녀 면서기나 순사는 공포와 증오의 대상이었다. 동구 밖에 그들이 나타난 걸 보고 딸 가진 엄마가 딸을 급히 숨긴다는 게 마당에 있는 집채만 한 갈잎 낟가리 속으로 쑤셔 넣은 것이다. 그러나 그들은 공출할 식량을 빼앗으러 온 것이어서 창이 달린 기다란 장대로 여기저기 찔러보고 다니다가 갈잎 낟가리 속으로 창끝을 깊숙이 밀어 넣었다. 창끝에 처녀의 창자가 묻어나왔고, 그 피비린내 나는 소문은 당시에 엄한 유언비어 단속에도 불구하고 삽시간에 인근 마을을 공황상태로 만들었다. 인심이 극도로 흉흉해지고, 나는 급히 개성시내로 보내져 전학수속을 밟았다. 전학한 지 며칠 안 있다 방학이 되고 방학중 해방이 됐지만 그 참사는 오래도록 나에게 악몽으로 남아 있어, 여러 번 소설 속에 실화 그대로, 또는 딴 이야기와 섞거나 변주되어 나타나곤 한다. 현재 고등학교 교과서에도 실려 있는「그 여자네 집」이란 단편도 그 이야기를 삽화로 집어넣어 정신대 문제를 고발한 소설인데 그 줄거리는 간단하다.

아름답고 목가적인 시골에서 만득이와 곱단이라는 선남선녀가 사랑에 빠지고, 그 사랑을 예뻐하는 양가 부모와 동네사람들의 축복 속에 결혼을 약속하나 만득이에게 징용영장이 날아온다. 곱단이는 혼인을 하고 떠나주길 바라나 만약 살아오지 못할경우 처녀 신세를 생각하고 만득이는 굳은 맹세만 하고 떠난다. 만득이가 떠난 후 마을에서 앞서 말한 그 피비린내 나는 참극이일어난다. 혼비백산한 처녀 부모가 서둘러 혼처를 구하나 인근에 청년이 동이 나 연줄로 멀리 신의주에 사는 나이 많은 측량기사한테 시집보낸다. 혼이 반쯤 나간 곱단이는 인형처럼 어른들이 하는 대로 자기를 내맡긴다. 종전이 되고 돌아온 청년은 처녀를 먼발치에서라도 한번 보고 싶어 하나 국토는 분단돼 만날 가망이 없어지고, 청년은 딴 데로 장가가 평탄하게 산다. 그렇게 몇십 년이 흘러 행복하고 편안한 늙은이가 된 만득이는 가끔 돌출 행동을 한다. 부부동반 중국 동북부 여행을 가서 압록강 유람선을 타고 신의주를 바라보면서 어깨를 들먹이며 울지를 않나, 정신대 할머니들이 데모하는 데를 따라다니지를 않나, 그런 만득 씨를 수상하게 여긴 것은 그의 아내뿐 아니다. 같은 고향 출신으로 모든 사실을 다 아는 것으로 돼 있는 이 소설의 화자(話者)도 마찬가지다. '정신대 할머니 돕기' 모임에서 만득 씨를 만난 화자가 아직도 첫사랑을 못 잊느냐고 묻자 만득이는 이렇게 말한다.

"내가 곱단이를 그리워하고 아직도 잊지 못한다는 건 순전히 우리 집사람이 지어낸 생각이고 난 지금 곱단이 얼굴도 생각이 안 나요. 우리 집사람이 줄기차게 이르집어주지 않았으면 아마 이름도 잊어버렸을 거예요. 내가 곱단이를 그리워했다면 그건 아마 누구에게나 있을 수 있는 젊은 날에 대한 아련한 향수겠지요. 아름다운 내 고향을 그리워하는 것도 죄가 되나요. 내가 유람선상에서 운 것도 저게 정말 북한 땅일까? 남의 나라에서 바라보니 저렇게 지척인데 내 나라에선 왜 그렇게 멀었을까. 그게 서럽고 부끄러워 나도 모르게 눈물이 복받친 거지 거기가 신의주라는 건 별로 중요하지 않았어요. 오늘 내가 여기 오게 된 것도 얼마 전 우연히 일본잡지에서 정신대 문젤 애써 대수롭게 여기지 않으려는 일본사람들의 생각을 읽고 분통이 터진 것과 관계가 있겠죠. 강제였다는 증거가 있느냐? 수적으로 한국에서 너무 부풀려 말한다, 이런 식이었어요. 범죄의식이 전혀 없더군요. 그걸 참을 수가 없었어요. 비록 곱단이의 얼굴은 생각나지 않지만 나는 지금도 생생하게 느낄 수 있어요. 곱단이가 딴 데로 시집가면서 느꼈을 분하고 억울하고 절망적인 느낌을요. 나는 정신대 할머니처럼 당한 사람의 원한에다 곱단이처럼 그걸 면한 사람의 한(恨)까지 보태고 싶었어요. 당한 사람이나 면한 사람이나 똑같이 그 제국주의적 폭력의 희생자였다고 생각해요. 면하긴 했지만 면하기 위해 어떻게들 했나요. 강도의 폭력을 피하기 위해 얼떨결에 고층아파트에서 뛰어내려 죽었다고 강도는 죄가 없고 자살이 되나요? 삼천리 방방곡곡에서 사랑의 기쁨 그 향기로운 숨결을 모조리 질식시켜버린 그 천인공노할 범죄를 잊어버린다면 우리는 사람도 아니죠. 당한 자의 한에다가 면한 자의 분노까지 보태고 싶은 내 마음 알겠어요?"

이상이 소설의 결말이자 내가 하고 싶은 말의 결론이기도 하다. 내가 만난 일본인 중에 나쁜 사람은 한 사람도 없었지만 내가 경험한 식민지 정책 중 언어말살, 창씨개명, 강제징용, 정신대 같은 만행은 다시는 이 지구상에 있어서는 안 되겠기에

이 대목을 인용했고, 일제가 우리를 강점하지만 않았어도 우리의 분단은 없었으리라는 나의 원망도 슬쩍 보태고 싶었다.

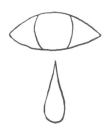

그가 나를
돌아보았네

먼저 절대로 안 받을 것처럼 강하게 반발을 해 실무자들을 당혹스럽게 해드렸던 점, 이 자리를 빌려 사과드립니다. 일단 마음을 바꾸고 나니 슬그머니 기뻐지기 시작했고 자랑까지 하고 싶어져서 이렇게 평소 제가 좋아했던 분들을 여러 분 모시게 되었습니다. 그러나 아직도 명예박사라는 것은 어떤 사람에게 왜 주는 것인지, 사전지식이 없고, 왠지 뜨악한 느낌까지 드는 걸 극복하지 못했습니다. 그러니까 제가 안 받고 싶어 한 건, 뭔지 모르겠는 걸, 준다고 덥석 받는 게 아니라는, 몸사림 때문이었을 테고, 좋아지기 시작한 건 서울대에서 주는 거니까, 라는 서울대에 대한 무조건적인 믿음 때문이었을 겁니다.

서울대에서 이렇게까지 저를 챙겨주시지 않아도 저는 서울대 덕을 이미 많이 본 사람입니다. 저는 서울대를 한 달도 채

다니지 못했습니다. 제가 입학한 해는 1950년 6월이었습니다. 그때는 입시철과 학기말이 5월이었고, 6월에 신학기가 시작되었습니다. 해방되기 전까지 4월이었던 학기초가 해방되던 이듬해부터 9월로 바뀌었다가, 다시 봄을 학기초로 환원시키기 위한 일시적인 과도조치로, 그해에는 그 중간인 초여름을 학기초로 삼았었으니까, 제도적인 학교 교육이 생긴 이래 6월에 입학한 예는 아마 50학번이 유일한 경우일 겁니다. 다 아시다시피 그해 6월은 한국전쟁이 난 달입니다. 여름에 서울을 사흘만에 인민군에게 내주게 되었을 때는 대부분의 시민들이 남아서 당했지만, 그 이듬해 겨울 다시 한번 그들이 쳐들어왔을 때는 시민들은 완전히 철수하고, 거의 무인의 도시가 되어 있었습니다. 그때도 저희 집 식구들은 서울에 남아 고립과 궁핍을 견뎌내야 했습니다. 봄에 그들이 물러가고 서울이 수복되었지만 휴전이 될 때까지 정부도 시민들도 서울로 돌아온 건 아니어서 서울은 인구가 매우 희박하고 주야로 포성이 들리는 최전방 도시였습니다. 이웃도 하나 없이 어린 조카들, 넋 나간 노모를 부양해야 하는 소녀가장의 처지에 놓인 제가 할 수 있는 일은, 고작 피난 가서 비어 있는 이웃집을 털어 몇 줌의 곡식이나 묵은 김치 따위를 구해오는 일이었습니다. 차마 못할 짓으로도 연명은 쉽지 않아, 혹시나 하고 일자리를 찾아 그래도 사

204

람이 웅성대고, 시장이 형성된 도심의 남대문시장 근처를 배회하다가 난데없이 행운을 잡게 되었는데, 그건 지금의 신세계백화점 자리를 차지하고 있던 미8군 피엑스에 취직이 된 거였습니다. 제대로 된 취직자리가 전무할 때이기도 했지만 먹고살 만큼 봉급을 받을 수 있고, 요령만 부리면 큰돈도 벌 수 있다고 알려져 누구나 선망하는 꿈같은 일자리였습니다. 그런 일자리에 몇십 대 일의 경쟁을 뚫고 발탁이 될 수 있었던 것은 순전히 서울대 학생이라는 자기소개 때문이었습니다. 담당자는 가장 초라한 저를 군계일학처럼 바라보았고, 거짓말처럼 쉽게 취직이 되었습니다. 그 후에도 서울대 학생이라는 레테르는 저를 따라다니면서 직장 생활을 편하게 해주었습니다. 누구나 저를 아껴주고 존중해주었습니다. 그런 대학의 후광에 힘입어 저는 돈 벌기도 쉽지만 타락하기도 쉽다고 알려져 질시와 멸시를 동시에 받던 피엑스 생활을 홀로 고고한 척 안전하게 유지하면서 식구들을 배불리 먹여 살릴 수 있었습니다. 뿐만 아니라 그 직장에서 만난 남자와 결혼해서 똑똑하고 건강한 아이를 낳고 오래오래 행복하게 살았고, 그 직장에서 알게 되어 깊은 인상을 받았던 박수근 화백은 저의 처녀작 『나목』의 주인공이 되어, 저를 주부에서 작가로 거듭나게 했습니다.

마지막으로 이 학위를 5월에 받게 된 것이 저에게 불러일으킨 특별한 감동에 대해 말씀드리지 않을 수가 없습니다. 앞서 말씀드렸듯이 그때의 학년말은 5월이어서 대학입시와 합격 발표를 보러 다니던 때도 물론 5월이었습니다. 문리대 동숭동 캠퍼스의 그해 5월의 신록은 참으로 눈부시게 아름다웠습니다. 제 기억 속에 그해 5월이 유난히 아름다웠던 것은 아마도 그게 제 청춘의 마지막 5월이기 때문일 겁니다. 그때 이미 문리대생으로 재학하던 선배들은 서울대 문리대를 대학의 대학이라 부르면서 다른 단과대학과 차별을 짓더군요. 그 오만과 기개가 하늘을 찌를 듯했습니다. 그런 자부심은 문리대에 대학본부가 있어서가 아니라 서울대의 중추가 인문학에 있다는 믿음 때문이었을 겁니다.

　　그해 5월은 속절없이 가고 6월은 어김없이 오고, 그 싱그럽고 찬란한 젊음들은 양쪽 전쟁터에 내몰려 죽거나 행방불명이 되지 않았으면 살아남았다고 해도 극한적인 이념 대립의 와중에서 고통받거나 왜소하게 마모되어야 했습니다. 전후의 시대적 요구도 빈곤 탈출과 경제성장이 최우선이 됨으로써 인간으로 하여금 끊임없이 사색과 반성을 요구하는 인문학도 자연히 뒷전으로 물러나게 되었습니다. 저는 여학생이라 전쟁터엔 안 나갔지만 인공치하 내내 학교에 남아서 거기서 보고 겪고 참아낸 일들은 한때 제가 이상으로 했던 모든 것을 초토화시켰지만 사상적인 대안을 찾을 수는 없었습니다. 그 후 결혼으로 겨우 평범한 안정을 찾긴 했지만 대학의 대학을 외치던 그 충천하는 젊음은 어디로 갔으며, 인문학에 대한 그 도도한 자부심은 어디로 사라진 것일까, 그 생각만 하면 마음이 저리고 나 혼자 잘 먹고 잘사는 게 짐승스러운 짓만 같아 견딜 수가 없었습니다. 그런 자기모멸이 그 시대를 증언하고, 동족상잔에 대한 혐오와 이념에 대한 허망감에 대해 말함으로써 사람 노릇을 하고 싶다는 참을 수 없는 욕구가 되어 저로 하여금 많은 작품을 쓰게 했습니다.

단지 서울대학에 입학했다는 사실 하나만 가지고 그렇게 알뜰하게 서울대학 덕을 보았는데 무엇을 바라겠습니까. 아무리 생각해도 오늘 주시는 이 학위는 어디 쓸데가 있을 것 같지도 않거니와 자기를 돋보이게 하는 속물스러운 일 따위에는 절대로 써먹지도 않을 것입니다. 실용성이 있을 것 같지 않고, 이용해먹을 생각도 없기 때문에 받을 용기도 낼 수가 있었으니까요. 물론 서울대 문턱을 겨우 넘어본 데 불과한 저 같은 소설가에게 명예박사학위까지 줘서 기를 북돋아주는 파격적인 일이 혹시나 서울대가 인문학에 대한 자존심을 회복하려는 조짐이 아닐까 하는 과대망상 같은 것도 하지 않겠습니다. 그렇다고

이 학위가 자랑스럽지 않다는 소리는 아닙니다. 살다 보니 이런 일도 있구나. 작은 기적처럼, 또는 오랫동안 뒤통수만 보고 흠모하던 이가 뒤돌아보며 따뜻한 눈길을 보내준 짜릿한 기억처럼, 저 혼자만의 밀실에 두고 삶이 진부하고 지루해질 때마다 꺼내보고 위안을 삼겠습니다. 감사합니다.

• 이 글은 2006년에 서울대학교 명예박사학위를 받으며 발표한 글입니다.

딸에게

보내는

편지

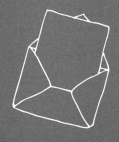

근심이 생겨 너한테 털어놓을 말을
머릿속으로 굴리기만 해도
근심의 반은 사라지고 만다.
너는 나에게 그렇게 믿음직한 맏딸이었다.

내가
문을 열어주마

이 사진을 보면 절로 미소가 떠오른다. 나하고 손녀하고 그림책을 보고 있는 사진이다. 손녀는 등에 인형을 업고 있다. 그 아이가 지금은 아가씨 티가 모락모락 나는 중학생이 되었으니까 아마 10여 년 전쯤에 찍은 사진일 것이다. 그때만 해도 아이들이 인형을 업고 놀았나 보다. 요새는 그런 놀이를 본 것 같지 않다. 인형을 업은 포대기는 요즈음도 흔히 볼 수 있는 백화점 선물세트를 쌌던 보자기다. 소파를 보니까 우리 집이 아니라 딸네 집이다. 손녀 뒤로는 공간이 남았는데 할미는 엉덩이가 잘려 있다. 구도가 엉망인 사진이다. 아마 딸이나 사위가 제새끼 귀여운 맛에 급히 순간 포착을 한 것 같다. 아이가 한글을 해독하기 전인지 후인지는 잘 생각나지 않는다. 세 살이나 네 살가량 되어 보이니까 아마 한글을 깨치기 전이었을 것 같다.

   요새는 유아용 도서도 넘치게 많고 또 겨우 기저귀만 면한 나이부터 놀이방, 유치원 등 유아교육기관에 보낼 수 있어 대부분의 아이들은 엄마가 신경 안 써도 어느 틈에 한글을 해독하게 되지만 내가 내 자식을 기를 때(5, 60년대)만 해도 유치원은 지금의 대학 수효보다도 적었다. 특별히 혜택 받은 아이나다닐 수 있었기 때문에 대부분의 보통집에서는 적령기가 되면 초등학교 보내는 게 자녀교육의 시작이었다. 전쟁 직후였고 다들 먹고살기 바쁠 때였다. 유치원을 거쳐서 온 아이나 한글을 미리 해독하고 온 아이는 처음에는 남보다 똑방똑방하지만 그걸 믿고 잘난 척하느라 오히려 학교 공부는 못하게 된다는 설까지 있을 때였다. 그럼에도 불구하고 나는 내 자식이 대여섯 살만 되면 한글을 가르치느라 신경을 많이 썼다. 큰애 때만 해도 마땅한 유아용 도서도 없을 때라 '가갸거겨'를 벽에다 써 붙여놓고 외게 하다가 거리의 간판이나 신문의 큰 활자를 읽어주는 사이에 저절로 그림책의 활자를 읽게 되는 게 그렇게 보람 있을 수가 없었다. 그건 내 취미생활이자 내 자식에 대한 의무였다.

문자를 해독하게 해주는 일은 학교라는 집 밖 세상에 내 자식을 내놓으면서 그 문을 열어주는 일이라고 생각했기 때문이다. 어느 부모가 그렇지 않겠냐마는 나도 내 자식이 문 열고 나가 부딪힐 몇 겹의 이 세상이 아이들에게 우호적이길 바랐다. 아이들은 자라면서 아마 점점 비우호적인 세상으로 나아가게 될 것이다. 그렇더라도 간판을 읽으면서 배운 친절과 배려, 그림책을 읽으면서 상상한 동물과 식물, 곤충하고까지 소통하고 우정을 나눌 수 있는 한없이 놀랍고 아름답고 우호적인 세상에 대한 믿음이 힘이 되길 바랐다. 취학 전에 한글을 가르치는 데 열성적이었던 데 비하면 숫자는 전혀 안 가르쳤고 학교 보낸 후에 성적에도 무관심했다.

내 이런 버릇은 손자를 보면서는 더욱 의무감보다는 취미생활 쪽으로 기울었다. 손자들을 봐줄 일이 있을 때마다 단순하고 재미있는 이야기를 해주는 게 나의 큰 낙이었고, 아이가 이야기에 귀 기울일 만큼 사물에 대한 호기심이 생기면 이 세상 모든 것에는 그걸 부를 수 있는 이름이 있고, 그 이름을 나타내는 부호가 있다는 걸 반복해서 일러줬다. 꽃, 새, 사슴, 구름, 나무, 책상, 엄마, 아빠…… 굳이 벽에다가 '가갸거겨'를 써 붙일 필요는 없었다. 아이들이 한글을 깨칠 수 있는 그림책이 넘쳐나는 세상이 되어 있었다. 그림책뿐 아니라 거리의 간판, 전철역 등 도처에 활자가 넘쳤고 아이들이 좋아하는 텔레비전 프로를 여는 것도 예쁘게 도안한 글자였으니까. 제 이름자도 알기 전에 '뽀' 자부터 알아본 아이도 있다. 물론 〈뽀뽀뽀〉 때문이다. 늦게 태어나는 아이일수록 약아지고 세상도 좋아져서 제 어미 때는 취학 전에 한글을 익히게 하는 것도 힘들었는데 손자들한테는 유치원도 가기 전에 힘 안 들이고 한글을 가르칠 수 있게 되었다. 그러나 가르치는 방법이 다 같았던 건 아니다. 이 사진에 나오는 손녀는 같은 아파트 단지에 살았고 제 어미가 직업을 가지고 있어서 젖먹이일 적부터 내 손이 많이 간 아이다. 그러나 그애한테는 내 방식의 조기교육이 잘 먹혀들지 않았다. 그림책을 보고 사슴을 사슴이라고 가르쳐주면 딴 책에서 사슴을 보아도 금방 사슴을 알아맞히지만 사슴이라는 글자에는 흥미도 없었고, 그 이상한 부호가 사슴이라는 걸 도무지 이해하려 들지도 않았다. 그게 왜 그렇게 고민이 되었던지.

손자들 글 가르치는 데 나만 한 도사 있으면 나와봐라 싶은 내
자부심에 손상을 입었기 때문이었는지, 이 세상을 향한 문을
내가 손수 열어주고 싶은 친절이 보상받지 못하여서였는지,
아무튼 나는 혼자서 걱정하고 궁리한 끝에 그림과 글자가 같
이 있는 책에서 그 아이가 글자에 흥미를 갖게 하기는 어렵다
는 걸 깨달았다. 그래서 글자만 있는 동화책을 내가 손수 만들
었다. 손녀가 그 동화의 주인공이 되었다. 큰 글씨로 또박또박
'나는 대림아파트에 삽니다. 우리 앞집에는 준이라는 사내아이
가 삽니다. 나하고 동갑인데 나보다 키도 크고 힘도 세고 개구
쟁이지만 내가 누구하고 싸우면 내 편을 들어주는 제일 친한
친구입니다. 우리 아파트에서 제일 가까운 데 내가 가장 좋아
하는 안데르센 빵집이 있습니다. 빵집 2층은 엄마가 다니는 공
주 미용실입니다……' 이렇게 시작해서 이웃과 동네를 있는
그대로 묘사한 글로 얇은 공책을 만들어 읽어주었다. 그 생각
은 기대 이상으로 효과적이었다. 아이는 금방 눈을 반짝이며
재미나 하더니 또 읽어주고 또 읽어주어도 자꾸만 더 읽어달
라고 했다. 반복해서 읽어주는 사이에 제 얘기니까 쉽게 문장
을 외울 수 있게 되고 그러면서 한글의 구조에 대해 문리가 트
인 듯했다. 동화책에 있는 글자의 뜻도 알게 되었다.

　이 사진에 나오는 손녀는 이렇게 한글을 깨치는 데 좀 오

래 걸린 아이니까 이때도 아마 내가 짚어주고 있는 글자를 보고 있는 게 아닐 것이다. 내가 주절대는 이야기를 듣고 있거나 사자인지 소나무인지를 보고 있을 것이다. 할미가 해주는 이야기와는 딴 얘기를, 업고 있는 분홍머리 인형에게 해주고 있을지도 모르겠다. 아이는 문자를 해독하기에는 너무 어려 보인다. 세상에, 저 어리고 앙증맞은 것한테 글을 가르치려 들다니…… 그래서 할미는 약간 주책맞아 보이지만 극성스러워 보이지는 않는다. 할미의 행복한 취미생활일 뿐 욕심이나 책임감이 시킨 일이 아니기 때문일 것이다.

우리 엄마의
초상

『엄마의 말뚝』이 불어로 번역된 걸 보니까 '말뚝'이 '피켓'으로 번역돼 있었다. 영어로 직역해도 그보다 나은 단어가 있을 것 같지 않았지만, 영어도 잘 못하지만 불어는 한마디도 모르는 주제에 피켓은 어떻게 알아먹었는지 번역의 한계랄까, 반밖에 번역이 안 된 것처럼 느껴져 찜찜하고 불만스러웠다. 내가 말뚝이라고 말할 때 떠오르는 이미지는 영어권에서 말하는 피켓처럼 울타리를 치거나 경계를 표시하고 뭔가를 확실하게 고정시킬 때 쓰는 막대기 말고 또 하나가 있는데 그건 어릴 때 시골에서 흔히 볼 수 있었던 가축을 매놓기 위해 박아놓은 나무 막대기이다. 소를 끌고 풀을 먹이러 나간 소년은 초지에 박아놓은 말뚝이나, 풀과 나무가 함께 있는 둔덕에 서 있는 적당한 나무를 말뚝 삼아 소를 매놓고 자신은 저만치 떨어진 데 벌렁 누워 피리를 불거나 낮잠을 잔다. 그때 소는 기다란 새끼줄에 묶여 있어 고삐에 잡혀 있을 때보다 한결 자유스럽다. 유유히 산책을 즐기면서도 새끼줄이 허용하는 원주(圓周) 안의 풀을 먹을 수 있다. 소의 자유는 새끼줄의 길이 만큼이다. 그 이상의 자유를 누리려다 잘못하면 제 말뚝을 감고 돌거나 딴 나무나 말뚝까지 감고 돌아 자꾸자꾸 새끼줄의 길이만 줄여먹다가 결국은 옴짝달싹도 할 수 없게 되는 수가 있다. 소나 말에게 말뚝이 허용하는 자유는 고작 새끼줄의 길이만큼이다.

엄마가 평생 추구해온 자유, 엄마 자신은 못 누렸지만 딸에게는 누리게 해주려고 했던 자유에 대해 생각할 때마다 그 환상과 현실이 말뚝과 새끼줄의 관계를 연상시킨다. 20세기도 아닌 19세기에 겨우겨우 사는 시골 선비 집에 태어난 여식이 웬 자유씩이나 꿈꿀 수 있었을까. 그건 엄마가 우리 아버지와 정혼해놓고 생전 처음 해본 서울 나들이에서 비롯되었고, 그 나들이는 아마 시집보내고 나면 죽으나 사나 그 집 귀신이 돼야 하는 여자 팔자가 안쓰러운 외조모의 마음에서 비롯되었을 것이다. 딸에게 한 달도 넘는 말미를 주어 서울에서 괜찮게 사는 자기 친정으로 나들이를 보냈다고 한다. 엄마의 외갓집에는 사촌들이 여럿 있었는데 그중에는 엄마하고 나이 차이가 얼마 안 나는 여자 사촌 둘이 하나는 숙명고녀에 하나는 진명고녀에 다니고 있었다 한다. 그애들의 방학에 맞춰 간 방문이라 엄마는 그 여형제들과 극장 구경도 다니고 창경원도 가보고 매일 한 이불 속에서 자면서 잔뜩 신식 바람이 든 거였다. 무엇보다도 깡총한 통치마 교복을 입고 신식교육을 받는 그들을 엄마가 얼마나 부러워했는지 나중에 엄마가 나에게 불어넣은 신여성의 본도 그들이 모델이었다. 그때부터 엄마는 학교 못 다닌 게 철천지한이 됐지만 이미 정혼한 사이였다. 엄마의 친동기는 밑으로 남동생 하나밖에 없었는데 남동생이 아버지한테 한문 공부를 배우는 어깨너머로 엄마가 먼저 익히까 외할아버지는 그걸 기특해하기는커녕 가문에 쇠문(衰門)이 들었다고 탄식했다고 한다. 요샛말로 하면 집안에 망조가 들었다는 뜻이 될 듯싶다. 여식의 총명함을 반기기보다는 화근으로 여긴 어른들의 생각을 여자 팔자는 으레 그러려니 하고 참아낸 엄마에게 서울에는 그렇지 않은 세상도 있다는 걸 발견한 건 놀라운 충격이었으리라. 다행히 엄마하고 아버지는 금실이 좋았고 우리 할아버지는 맏며느리의 총명을 아끼고 자랑스러워하기까지 했다. 내가 철들었을 때는 아버지가 돌아가신 후여서 엄마가 회고하는 것처럼 우리 아버지가 잘났는지는 잘 모른다. 그러나 할머니 할아버지가 여러 며느리 중에서 우리 엄마를 편애한 것은 어린 마음에도 눈에 띄게 두드러졌다.

존중받는 엄마 덕으로 나도 사촌들보다 우대받고 응석 부리며 자랐다. 그러나 맹장염을 제때에 수술받지 못해 남편을 잃은 엄마는 자식들은 어떡하든지 대처에서 길러야겠다는 계획을 차곡차곡 세웠다. 엄마에게 혼인 전 서울 구경의 체험이 없었다면 감히 시부모와 전답이 보장해주는 안락한 맏며느리 자리를 박차고 나올 꿈도 못 꾸었을 것이다. 오빠는 장손이니까 그렇다 쳐도 할아버지가 꼭 슬하에 두고 싶어 하는 손녀딸까지 끌어낼 수 있었다는 건 당시의 우리 집안 형편이나 당대의 법도, 그 시골마을의 풍습에 비추어서도 상상이 잘 안 되는 파격적인 일이었다.

60년대던가 〈하녀下女〉 또는 〈하녀河女〉 〈화녀火女〉 따위 '女' 자 돌림의 영화가 유행한 적이 있다. 그때 무슨 영화인지를 엄마하고 같이 보고 나서 엄마는 '분녀(奔女)'였다고 엄마를 놀려먹은 적이 있다. 처녀 적에 잠시 맛본 서울의 자유분방으로 치마폭을 부풀리며 양손에 새끼를 하나씩 끼고 출분을 감행한 엄마에게 바친 나의 좀 버르장머리 없는 헌사였다. 서울에서 우리는 형편없이 가난하게 살았다. 문밖 빈촌의 셋방에서 엄마가 바느질품을 팔았다. 또한 우리 엄마는 학군 위반의 원조였다. 당시에는 초등학교도 시험 쳐야 들어갈 수 있는 때였는데 아무 학교나 가고 싶은 학교에 응시할 수 있는 게 아니라 지금의 학군에 해당하는 정해진 구역이 있었다. 우리는 형편없는 빈촌에 살면서 지금의 주민등록에 해당하는 기류계를 점잖은 중산층 동네에 사는 친척집으로 옮기고 그 동네 학교에 갔다. 엄마는 학교만 우리 동네 학교를 무시한 게 아니라 우리 동네 아이들하고 노는 것도 싫어했다. 너는 근지가 있는 집안 아이다. 그건 엄마가 나를 우리 동네 아이들과 구별 짓고 엄마가 꿈꾸는 딸로 묶어두고 싶어 할 때마다 쓰는 엄마의 말버릇이었다. 나는 그 소리를 하도 들어서 『엄마의 말뚝』을 쓸 때도 그대로 써먹었는데 활자가 돼서 나왔을 때는 근거로 고쳐져 있었다. 알고 보니 근지란 말은 사전에도 없는 말이었다. 사전적인 해석을 떠나서 내가 느낀 어감으로는 근본이 있는 집안, 체통을 지킬 줄 아는 집안 정도가 맞을 것이다. 엄마는 당신이 진저리를 치면서 출분을 감행할 고장을 나에게는 마치 이상향처럼 설정해놓고 거기다가 묶어두려고 했다. 근지가 있는 집안 아이라는 소리 다음으로 많이 들은 말로는 너는 장차 신여성(新女性)이 돼야 한다는 거였다. 신여성이란 말은 내가 서울 왔을 때는 이미 진부한 말이 돼 있었지만 엄마에게는 못 이룬 꿈이었으니 영원히 신선한 말이었다. 너는 나와는 딴 세상을 살아야 한다고, 마치 딸에게 무한자유를 줄 것처럼 굴면서도 확고한 당신의 가치관을 설정해놓고 그 안을 못 벗어나도록 단속하던 엄마와의 모녀관계는 언젠가는 파국을 맞게 돼 있었다.

한국전쟁으로 몰락한 집안을 본체만체 내가 연애하고 결혼하겠다는 남자가 중인 집안이라는 걸 안 엄마는 기절초풍할 듯이 놀라면서 극렬하게 반대를 했다. 반상을 따지던 때가 지난 지도 오래되었지만, 모든 가치관이 무너져내린 그 난리를 겪고도 온전히 남아 있다고 믿는 구석이 겨우 양반 족보였다니, 나는 그거라도 남아 있다고 믿고 싶어 하는 엄마가 차라리 불쌍했다. 나는 가문 먼저 밝히는 엄마 앞에서 당당하게 중인 출신이라고 말할 수 있는 게 그 남자의 가장 큰 매력이라고, 불쌍한 엄마에게 결정적인 일격을 가했다. 그렇게 나는 성공적으로 우리 엄마를 벗어났다. 그 남자한테 시집가서 나름대로 열심히 살면서 엄마에게 잘 사는 꼴만 보여주려고 애썼고 출가한 보통의 딸들이 하는 효도도 하느라고 했다. 그래도 늘 엄마가 나에게 걸었던 과도한 기대는 나에게 부담이 되었다. 나이 먹어가면서 아무리 생각해도 내가 그때 받은 교육은 우리 집안 처지나 환경에 비추어 파격적인 것이었다. 촌에서 나하고 같은 집안에서 태어났으나 아버지가 오래 살아서 나보다 환경이 좋았던 사촌들도 나처럼 최고의 교육을 받지 못했다. 여자 사촌은 겨우 초등교육만 받았다. 자식 낳고 살림 늘리는

재미에 푹 빠져 있다가도 문득 엄마의 시선으로 나를 바라보면 초라하게 느껴지곤 했다. 내가 처녀작을 쓸 때, 잘 안 써져서 때려치울까 하다가도 이게 만일 당선이 돼서 내가 신문에 나면 엄마가 얼마나 으스댈까, 아마 딸 기른 보람을 느끼겠지, 하는 생각이 채찍이 되어 계속 쓸 수 있는 힘이 되었다.

엄마는 말년에 우리 집에 와서 지내신 적이 많았는데 엄마가 오실 때마다 나는 내 책을 엄마의 손이 못 닿도록 서가 맨 위 칸에 꽂고도 안심이 안 돼 책 제목이 안 보이게 뒤집어 꽂아놓곤 했다. 엄마가 읽을까봐 겁이 났다. 내가 『휘청거리는 오후』를 〈동아일보〉에 연재하고 나서 기자가 엄마에게 인터뷰를 청한 적이 있다. 따님 소설을 읽은 소감을 묻는 기자의 질문에 엄마는 싸늘하게 원 그것도 소설이라고 썼는지, 라고 대답하셨다. 그 매몰찬 혹평은 나에게 오래도록 상처가 되었다. 나는 아마 생전 엄마를 극복할 수 없을지도 모른다.

엄마의
마지막 유머

어머니는 아흔 장수를 누리셨지만 한 번도 망령된 말씀이나 이상한 행동을 하신 적이 없다. 그러나 돌아가시기 10여 년 전, 눈에서 미끄러지셔서 많이 다치신 적이 있다. 대퇴부가 크게 부서져서 두 번의 대수술 끝에 겨우 걸으실 수 있게 되었지만 한쪽 다리가 짧아져서 심하게 절룩거리게 되었다. 어머니는 그걸 창피하게 여기셔서 거의 외출을 안 하시는 대신 집 안에서는 틈만 나면 방에서 마루로, 마루에서 마당으로 왔다 갔다 걸음 연습에 힘쓰셨기 때문에 의식이 있는 날까지 화장실 출입과 목욕은 혼자 하실 수 있었다. 의식을 놓고 혼수상태에 빠진 건 사나흘밖에 안 됐는데 그동안에도 간간이 의식이 돌아와 눈을 뜨시면 눈앞에 얼굴을 들이대고, 내가 누구냐고 묻는 문병객이나 식구들의 이름을 정확하게 알아맞히는 놀라운 정신력을 보여주셨다. 그런 어머니가 딱 한 번 이상한 말씀을 하신 적이 있다. 아마 돌아가시기 하루 전쯤이었을 것이다. 우린 솔직히 이제나 저제나 그분의 임종을 기다리고 있을 때였다.

번쩍 눈을 뜨시더니 상체를 일으킬 듯이 고개를 드시고는, 당신의 발치를 손가락질하시면서 희미하지만 정확한 발음으로 "호뱅이, 네가 웬일이냐?" 하시는 게 아닌가. 어머니가 반기듯이 바라보시는 발치엔 물론 아무도 없었다. 나는 헛것을 보는 엄마의 상체를 다독거리며 "엄마는, 호뱅이가 어디 있다고 그래요?" 하려고 했지만 웃음 먼저 복받쳤다. 그 자리에 같이 있던 조카들이 호뱅이가 누구냐고 물었다. 예전에 시골집에 있던 머슴 이름이라고 했더니 할머니가 그 머슴 좋아했나? 라고 이죽대면서 역시 푹 하고 웃음을 터뜨렸고, 다들 따라 웃었다. 엄숙하고 침통해야 할 임종의 자리가 잠깐 웃음판이 되었다. 호뱅이라는 이름도 좀 코믹한데 어머니가 마지막 본 헛것이 호뱅이라니, 너무 엉뚱해 웃음밖에 나올 게 없었다. 쉽게 헛것을 볼 것 같지 않은 명징한 분의 임종 자리에 나타난 헛것이라면, 그분의 마음속에 애정이건 증오건 간에 맺혀 있던 사람이어야 마땅하니까, 손자의 상상력도 무리는 아니었지만, 호뱅이를 아는 나는 짚이는 데가 있었다.

호뱅이가 우리 집 머슴이라고 했지만 실은 우리 마을의 머슴이었다. 그는 20여 호밖에 안 되는 작은 우리 마을에서도 한참 떨어진 고개 밑 외딴집에서 늙은 어머니와 단둘이 살았다. 마을 앞 넓은 벌은 20여 호를 먹여 살리는 농지였고, 땅을 많이 가진 집도 있고 적게 가진 집도 있었지만, 큰 지주도 소작농도 없는 다들 그만그만한 자작농들이었다. 호뱅이네만 땅 한 뙈기 없었기 때문에 기운이 센 호뱅이가 품을 팔아서 노모를 부양했다. 시골선 아무리 늙은이라도 쉴 새가 없는데 그 노인네만은 늘 장죽이나 물고 오락가락했다. 병신자식 둔 사람이 더 효도 받는다고 사람들이 수군거리는 걸로 봐서나, 어른 아이 할 것 없이 다들 그를 호뱅이라는 이름으로 부르는 걸로 봐서나 약간은 모자라지 않았나 싶다. 기운은 장사였다.

우리 집은 아버지가 일찍 돌아가시고 삼촌들도 대처에 나가 있어 남자 일손이 달리는 집이어서 아마 호뱅이를 제일 많이 썼을 것이다. 나도 예사롭게 그를 호뱅이라고 부르다가, 삼촌보다 더 나이 들어 뵈는 그를 이름으로 부르는 게 문득 미안해진 건 아마 서울서 학교를 다니게 된 후였을 것이다. 방학 때만 보게 되는 스스러움과 학교 다니면서 익히게 된 예절교육 덕으로 그를 이름으로 부르는 게 불편해졌다. 그러나 상하 위계질서 따지기 좋아하고, 호칭에 까다로운 우리 집 어른들도 호뱅이는 장가를 못 갔으니까 그렇게 불러도 괜찮다는 식으로 대수롭지 않게 말했다. 결혼을 하기 전에는 어른 취급을 안 해주는 당시의 풍습 때문이기도 했지만, 20여 호가 두 가지 성(姓)으로 구성된 씨족마을에서 호뱅이는 어떤 성에도 소속이 안 되는 이방인이었다. 따라서 누구 형이라든가 누구 아저씨라는 식으로 바꿔 부를 만한 인척 간의 호칭도 그에게는 해당이 안 됐던 것이다.

우리 집에서 호뱅이를 제일 요긴하게 쓸 적은 엄마하고 내가 시골집에서 방학을 보내고 서울로 돌아올 때였다. 서울서 힘들게 사는 우리를 위해 할머니는 뭐든지 싸주고 싶어 했고, 엄마도 될 수 있는 대로 많이 가져오고 싶어 했다. 쌀을 비롯한 올망졸망한 잡곡, 무, 배추, 감자, 옥수수 따위를 지게에 높다랗게 지고 앞서가는 호뱅이의 정강이는 구리 기둥처럼 단단했지만 얼굴 표정은 너무 착해서 모자라 보이는 건 사실이었다. 실제로 그의 노모가 마을 사람들에게 애걸복걸 중신을 부탁해서 장가도 몇 번 안 가본 건 아닌데, 여자들이 하나같이 열흘을 못 살고 도망쳤다는 소문이고 보니 똑똑해 보일 리가 없었다.

한번은 내일이 개학날이어서 오늘 안 돌아갈 수가 없는데, 장대비가 계속되어 개성역까지 가는 도중에 있는 냇물 다리가 떠내려간 적이 있다. 다리만 떠내려간 게 아니라 냇물이 사나운 강물처럼 황토빛으로 소용돌이치고 있었다. 나는 겁에 질려

울먹울먹했다. 호뱅이는 걱정 말라고 나를 안심시키고는 짐을 먼저 강 건너에다 내려놓고 되돌아와 나를 지게 위에 앉혔다. 그가 지게 작대기로 얕은 데를 골라가며 탁류를 헤치는 걸 지게 위에서 내려다보며 느낀, 노한 자연에 대한 공포감과 우직하고 강건한 남자를 미더워하던 마음은 오래도록 내 마음에 남아 있다. 딸을 태운 지게 뒤를 따라 호뱅이만 믿고 강을 건너던 엄마의 마음도 아마 그러했을 것이다. 지금으로부터는 60여 년 전, 엄마의 임종 당시로부터 계산해도 50여 년 전 일이다.

철없이 한바탕 웃고 나서 이내 숙연해졌다. 어머니는 불편한 다리를 이끌고 저승길 가기가 아마 걱정이었을 것이다. 그때 홀연 호뱅이가 떡판처럼 든든한 등을 빌려주기 위해 나타난 게 아니었을까. 착한 영혼을 하늘나라로 인도한다는 미카엘 천사처럼.

호뱅이한테 업혀서라면 어머니를 안심하고 떠나보내도 될 것 같았다. 호뱅이가 하늘나라 주민이라는 건 의심의 여지가 없었으니까.

평범한
기인

　이이화 선생이 화곡동 주공아파트에 살 때 '뿌리깊은나무'
에 다니던 딸애가 다리를 놔주어 그에게 한문을 배우러 다닌
적이 있다. 나는 그때 보문동에 살았기 때문에 동대문 밖에서
김포공항 못 미쳐까지는 버스를 갈아타고 두 시간이나 걸리는
머나먼 길이었다. 그래도 갈 때마다 마음이 설레서 조금도 지
루한 줄을 몰랐다. 학교 다닌 지 근 30년 만에 다시 무언가를
배우러 다닐 수 있다는 걸 스스로 황홀해한 게 아닌가 싶다. 젊
은 사람들하고 나란히 앉아서 배운다는 것도 여간 신나는 일
이 아니었다. 이 선생도 젊은이들한테 하나라도 더 가르치려
고 그 독특한 쇳소리로 열강을 하다가도 시간이 끝나면 표정
이 어린애처럼 풀어지면서 기다렸다는 듯이 담소를 즐겼다.
그는 후진들이 당신에게서 배우고 싶어 하는 거라면 배알이라

도 빼줄 분이 아닌가 싶게 아낌없이 주고 덤까지 얹어주고 싶어 했다. 강단에 선 교수들한테서는 좀처럼 찾기 힘든 열린 자세였다. 그때 교재는『소학小學』이었는데 50을 지척에 둔 나이에『소학』을 배운다는 부끄러움도 잊은 채 공부 재미와 선생이 만들어내는 독특한 분위기에 푹 빠졌던 것 같다.

° 소탈하고 고고한 나의 '한문 선생님'

내가 보문동에서 잠실 장미아파트로 이사 간 지 얼마 안 되어 이 선생 댁도 같은 단지로 이사를 오게 되어서 피차 생활의 변화로 중단되었던 한문 공부가 다시 이어졌다. 장미아파트 시절의 교재는『맹자孟子』였다. 초등학교에서 중학교로 진학한 것처럼 으쓱한 기분이었다. 그러나 이 선생의 잠실 생활은 오래가지 않았다. 지금 살고 있는 구리의 아치울 마을에다 땅을 사 집 짓고 이사를 하게 되었다. 그런 번잡한 일은 다 부인이 알아서 했고, 그는 이사 가는 날 트럭에나 겨우 올라탈까 말까 하는 스타일이었다. 그때만 해도 구리는 시도 아닌 면이었고 아치울은 산골이었다. 그러나 버스에서 내려 국도에서부터 걸어 들어가는 길이 어찌나 아름다운지 나는 선생의 해박한 지식과 소탈한 인격 못지않게 그 마을에 반해서 계속해서 한문 공부를 다녔다. 그러나 워낙 무엇에 매이는 것은 질색인 데다가 공부 욕심은 많은 분이라 한문 팀도 해체가 되었다. 생활을 위해 잡문 청탁이나 강연도 아주 마다할 수는 없지 않았나 싶다. 잠실 시절에 그가 잠시 취직해서 다니는 걸 본 적이 있는데 다들 부러워할 만한 관변 학술기관이었다. 생활도 안정되고 출세도 할 수 있는 자리였다. 전에도 아무리 괜찮은 취직자리도 오래 다니는 것을 본 적이 없는 부인이지만 그 자리만은 오래 지켜주길 절실히 바랐던 것 같다. 그러나 그는 이번에도 무슨 귀찮은 먼지라도 털어내듯 가볍게 털어내어 부인을 실망시켰다. 아마 부인이 철저한 생활인이 아니었으면 이 선생이 지금처럼 구차하지도 호사스럽지도 않게, 선비 체통에 알맞은 생활을 할 수는 없었을 거란 생각을 자주 하게 된다.

선생을 아치울까지 따라다니면서 한문 공부 한 보람이 있다면 그 마을에 반해서 나도 집을 한 채 장만한 일이 아닌가 싶다. 선생이 아치울로 이사하고 나서 몇 년 안 돼서 나도 그의 이웃에다가 전망 좋은, 그러나 낡은 집을 한 채 장만하고 드나들며 즐기다가 더는 낡은 집을 유지할 수가 없어서 헐어버리고 새 집을 지어 이사를 하게 되었다. 그전부터 선생은 아치울에 머물지 않고 장수에 내려가 있었다. 그가 40여 년 동안 외곬으로 공부해온 우리 민족의 역사를 멀리 원시시대로부터 최근 세사까지 누구나 이해할 수 있도록 집대성한다는 야심 찬 계획이 한길사의 편집 방향과 맞아떨어져 오로지 집필에만 전념하기 위해서였다.

나는 장수라는 데 한 번도 가본 적이 없지만 이 선생이 거기 내려가 있는 동안 겨울이면 몇 번씩 전국에서 최저기온을 기록한 걸로 그 지명이 신문지상에 오르내리는 걸 보면서 왜 하필 장수였을까 안타까워하곤 했다. 이 선생 때문에 장수가 별안간 그렇게 혹독해졌을 리는 없고 아마 그에 대한 나의 관심과 염려 때문에 그 지명이 그렇게 자주 눈에 띄었을 것이다. 부인을 통해 듣기로는 이 선생의 집필실은 아파트도 근대식 단독주택도 아닌 그곳 보통사람들이 사는, 불편하고 허술한 곳이라고 했다. 식사 또한 그러하건만 어떻게 된 사람이 불편한 걸 감추는 게 아니라 느끼지도 못하는 것 같다는 게 남편 건강을 염려해 애가 닳은 부인의 말이었다. 그 고장에서는 그곳 사람들처럼 사는 것, 그 고장 사람들이 다들 그렇게 사는데 나라고 왜 그렇게 못 사냐는 게 선생의 생각이었을 것이다. 실상 누구나 그렇게 생각할 수는 있는 일이지만 단지 생각에 머무를 뿐 행동이 따르기는 쉽지 않다. 그러나 선생은 아무렇지도 않게 그렇게 할 수 있는 분이다. 평생 제도권에 기대어 그 혜택이나 편의를 누리지 않은 옹골찬 기개를 가진 학자가 많지는 않다고 해도 아주 없는 것은 아니다. 그러나 재야학자라는 또 다른 교만에도 빠지지 않을 수 있다는 건, 선생만의 소탈함과 고고함을 갖춘 인품이라고 생각한다.

내가 아치울로 이사 온 이듬해 남편의 건강을 염려한 부인의 성화에 못 이겨 선생은 집으로 들어왔기 때문에 나하고는 이웃이 되었다. 선생이 사는 집은 이 호사스러울 것도 초라할 것도 없는 보통 동네에서도 평균치의 수수하고 양지바른 집이지만 선생의 집필실은 화사하게 꽃 핀 정원 밑의 어두운 지하방이다. 나는 그 집필실 앞을 지날 때마다 면벽하고 수도하는 고승의 동굴 앞을 지나는 것처럼 마음이 숙연하고도 짠해지곤 한다. 동굴 같다는 건 내 느낌일 뿐 그 안은 갖출 것 다 갖춘 보통의 서재다. 내가 그렇게 느끼는 건 아마도 가족으로부터도 스스로를 소외시켜야 글이 써진다는, 비록 분야는 다르다 해도 글쟁이 공통의 엄혹한 팔자에 대한 동병상련일 것이다.

° 이이화의 '역사하는 태도'

지금처럼 중국여행이 자유로워지기 전인 1991년, 그와 함께 중국을 여행한 적이 있다. 그때도 그는 가족을 위해 작은 선물 하나 살 줄 모르면서 부인이 애써 마련해준 용돈의 태반을 조선족 학술단체에다 털어놓고 돌아왔다. 조금 더 생색을 내면서 줄 수도 있는데 그는 결코 그러지 않았다. 그와 함께 압록강 유람선을 탔을 때였다. 유람선이 신의주에 최대한으로 가까이 가서 강변으로 소풍 나온 북한 사람들과 지호지간이 됐을 때였다. 그가 뱃전에 엎드려 흐느끼기 시작했다. 그는 아주 작고 마른 사람이다. 고향이 북한도 아닌 그의 깡마른 어깨가 복받치는 오열로 걷잡을 수 없이 요동치는 걸 보면서 고향을 북한에 둔 나는 표정관리도 제대로 되지 않아 머쓱해질 수밖에 없었다. 그는 이름 없는 백성들이 영문도 모르는 채 삼지 사방으로 찢기는 분단의 고통을 온몸으로 체험하며 견딜 수 없어하고 있었다. 그건 바로 그의 역사하는 태도가 아닐까. 역사에서 민초들의 생활사를 소외시키지 않고 중심으로 끌어들인 것은 우리에게는 매우 참신하게 보이지만 그에게는 조금도 새로운 발상이 아니라 여태까지 견지해온 기본적 자세였을 것이다.

그는 『한국사 이야기』를 쓰기 전에도 『인물 한국사』를 비롯해서 왕성한 저술활동을 했고 생활을 위하여 잡문도 더러 썼다. 그는 사학자로서는 드물게 프리랜서다. 프리랜서로서는 드물게 목에 칼이 들어와도 안 쓰고 싶은 글을 안 쓴다. 관의 혜택을 받은 적 없다고 큰소리치는 학자치고는 드물게 대중의 인기에 연연하지 않는다. 억지로 꾸미거나 티내지 않고 천성인 양 자연스럽게 그럴 수 있는 그야말로 실로 보배로운 이 시대의 기인이 아니겠는가.

중신
아비

　다들 멈춰 선다. 한 번도 멈춰 선 적이 있을 것 같지 않은 바쁜 사람들이 여기저기 멈춰 서 있다. 생전 처음 멈춰 서보는 것처럼 스스로 어색해하면서도 행복하게 멈춰 선다. 나는 멈춰 섬을 멈추고 한발 물러나 내남직없이 바쁜, 어쩌면 바쁜 척이라도 해야만 하는 사람들이 멈춰 섰다 움직였다 하는 걸 바라본다. 나의 멈춰 섰던 시간은 그리움으로 남아 있다. 순간도 그리움이 되면 길어진다. 나의 일상의 쫓기는 시간들, 아무것도 안 할 때조차 숨 가쁘게 그러나 승산 없이 달려가는 나날에도 잠시 멈춰 서는 서늘한 여유를 도입해보고 싶어진다. 저걸 하나 훔쳐갈까. 서울 도심에서도 한복판, 광화문이 이웃인 두가헌의 한옥마당은 거짓말처럼 고풍스럽고, 아무렇지도 않게 놓인 돌확들은 하나쯤 훔쳐가도 자리도 안 나려니와 누가 감히 소유를 주장할 수 있을 것 같지 않게 무심해 보인다. 나는 나의 도심(盜心)에 티끌만 한 죄의식도 없다. 그러나 그 무게를 어쩔 것인가. 그중 가장 작은 것이라 해도 사람의 힘으로 슬쩍할 수 있는 한계 밖의 무게를 지닌 바위 수준의 돌들이다.

　지금 물과 만나 물풀이나 이끼를 기르기 전의 돌들을 조각가 이영학의 집에서 본 적이 있다. 맨 처음 그의 집을 구경 갈 때, 같이 간 친구는 골목이 복잡한 그의 집을 다음에 쉽게 찾으려면 문 밖에 쌓인 돌만 보면 된다고 일러주었다. 아닌 게 아니라 집 안팎에 엄청난 돌들을 쟁여놓고 있었다. 세월의 풍상으로 자연스러워진 옛날 대갓집이나 정자의 댓돌이나 주춧돌 같은 돌들이었다. 그 무거운 것들을 그렇게 많이 모으기까지의 눈썰미보다는 욕심 같은 게 더 많이 느껴져 그에게 친밀감을 가질 순 없었다. 나의 경원감은 아마도 언제 분출할지 모르는 예술가 내부의 저어할 수 없는 에너지에 대해서가 아니었을까. 나는 그가 전국 각지에서 모아들인 돌 안에 숨은 형태를 끌어내기 위해 미친 듯이 돌을 깨부수고 쪼고 다듬을 줄 알았다. 그러나 돌확전에서 만난 그의 작품에는 돌과 사투를 벌인 흔적은 찾아지지 않았다. 그는 마치 돌을 애무하듯이 조금밖에 상처내지 않았다. 그가 돌에게 한 짓은 상처에 물을 주어 물풀이나 이끼를 키우게 하는 일이었다. 그가 돌에게서 찾고 싶어

한 것은 숨어 있는 형태가 아니라 더 깊이 숨긴 돌의 꿈이 아니었을까. 돌의 꿈은 흙의 꿈보다 훨씬 더 연하고 수줍은 원초적인 녹색이다. 생물과 무생물, 영원불변의 고체와 영원히 일정한 형태를 지닐 수 없는 물이 만나 만들어낸 살아 있는 조형물 사이를 조각가 이영학은 서늘한 모시고이적삼 차림으로 어슬렁거리고 있다. 마치 자신은 그것들의 결합의 중신아비 노릇 외에는 아무 짓도 안 했다는 듯이.

복 많은
사람

지난주 양구에 있는 박수근 미술관을 다녀왔다. 준공식 때 가보았고 연전에는 우연히 그 근처를 지나다가 아주 잘돼 있는 표지판 때문에 잠시 들러본 일이 있다. 이번이 세 번째이기 때문에 표지판이 나타나자 일행에게 알은 체를 하고 싶었나 보다. 차가 진입로로 들어서기도 전에 저어기 보이는 저 건물이 바로 미술관이라고 손가락질을 해도 아무도 알아보는 것 같지 않았다. 그렇게 되니까 나도 여기던가, 저기던가 긴가민가해지고 말았다. 그 정도로 그 미술관은 기념관이나 미술관 건물쯤 되면 규모나 외관이 어느 정도 높다랗고 번들대야 된다는 우리의 고정관념을 깨고 마치 들판의 일부처럼, 평범한 농가의 돌담처럼 눈에 안 띄게 다소곳이 엎드려 있다. 그러나 가만히 눈여겨보면 보통 안목으로 지은 건물이 아니라는 걸 알 수가 있다. 그곳 자연뿐 아니라 박수근이라는 화가의 인품이나 작품세계와 그렇게 잘 어울릴 수가 없다. 속기(俗氣)도 자기과시의 욕망도 찾아지지 않는다. 들어가는 길도 마치 대문 열어놓고 사는 인심 좋은 집처럼 마음 놓고 빨려들게 된다. 그러나 들어가보면 이게 웬 떡이냐 싶게 눈이 휘둥그레진다. 실상 그전까지는 정말이지 잘 지었다 싶은 건물에 비해서는 소장품의 양이 빈약했었다.

박수근의 정물화 〈굴비〉를 비롯해서 갤러리 현대의 박명자 관장이 기증한 박수근과 같은 시대를 살았던 화가들의 작품 52점은 하나같이 보석처럼 빛나는 작품인지라 그걸 여태까지 소장한 그의 안목도 안목이지만 세상에 저 좋은 걸 아까워서 어떻게 내놓았을까, 한 개인의 용기 있는 결단이 던진 충격은 우리나라도 앞으로 예술을 향유하는 태도에 획기적인 변화가 올지도 모른다는 은근한 기대감까지 품게 한다. 〈굴비〉는 도록 같은 데서 여러 번 접한 작품인데도 실물을 보니까 어머, 저건 알배기 영광굴비 아냐? 하는 소리가 저절로 나올 만큼 사실적이었다. 전시된 작품은 다 소품이었고 태반이 살기 힘든, 더군다나 그림으로 먹고살기는 더 힘든 시대의 작품이건만 훗날 그 대가들이 그린 대작 못지않게 아름답고 밀도 높아 그 시대에 대한 아련한 그리움마저 불러일으켰다.

미술관을 나오면 박수근의 동상이 미술관을 바라보며 앉아 있다. 동상을 정면으로 볼 때는 너무 젊고 너무 잘생긴 얼굴이라고 생각했는데 나중에 멀리서 미술관과 그의 모습을 옆으로 잡은 사진을 보니 마치 오랜 방랑 끝에 고향에 돌아온 나그네가 언덕에 앉아 감개무량한 듯 또는 지친 듯 우두커니 고향집을 내려다보고 있는 것처럼 보인다. 그렇다. 그는 마침내 고향에 돌아온 것이다. 이번 전시회가 열리기 며칠 전 그의 유해는 타향에서 고향으로 돌아와 미술관을 바라보는 언덕 위에 안장됐다. 유족과 친지들 미술관 관계자들이 오랫동안 벼르던 걸 윤달 든 해를 기해 단행한 듯했다. 이번 전시회는 마침내 묻힐 자리에 묻히게 된 그의 이장을 기념하는 뜻도 있었을 것 같다.

　이렇게 모든 것이 갖춰지기 전 평일에도 하루 평균 2백 명 가까운 관람객이 이 미술관을 찾는다고 유홍준 명예관장은 자랑했다. 산골 중의 산골, 교통도 불편하고 볼거리도 없는 오지 중의 오지에 그만한 방문객을 끌어모을 수 있다는 건 기적 같은 일이었다. 관장은 그 공을 양구군수에게 돌렸다. 군수는 건축에 관한 모든 일을 전문가에게 일임하고 예산을 집행하는 것 외엔 어떤 간섭도 안 했다는 것이다. 개막 테이프를 끊을 때도 그는 말석에 있으려고만 했고, 축사도 사양하고, 있는 둥 없는 둥 존재를 드러내지 않았다. 그게 조금도 꾸밈없이 자연스

러워서 저절로 존경심이 우러났다. 지나침으로 고인을 욕되게 하지 않을 줄 아는 그의 겸손이 마침내 박수근이라는 탁월한 문화상품을 그의 고장의 것으로 만든 것이다. 그게 양구의 복이라면, 한국전쟁 전엔 38선 이북이었던 양구가 휴전 후 휴전선 이남 땅이 된 것은 우리 모두의 복이자 박수근의 복이라는 생각이 들었다. 사후에 복 많은 사람이란 소리를 듣는 건 고인도 기분이 좋겠지만.

김상옥 선생님을
기리며

선생님은 사귀기 어려운 엄격하고 까다로운 어른인데 내가 어떻게 그렇게 가깝게 지낼 수 있었을까, 지금 생각해도 신기하기만 하다. 등단하고 얼마 안 되는 신인시절에 벌써 합정동 그 어른 댁을 방문한 일이 있다. 나는 원래 숫기가 없고 성품이 변변치 못한 데다가 늦은 나이에 문단에 얼굴을 내밀었다는 콤플렉스까지 있어서 문단 관계 행사나 문단 선배님들 앞에서 주눅이 잘 든다. 그래서 그런 데 얼굴을 내밀지 않는 걸 수로 알고 살 때였는데 어디서 어떻게 처음 뵈었는지는 생각나지 않지만 아무튼 첫인사를 나누자 곧 서로 잘 아는 사람끼리 오래간만에 만난 것 같은 반가움과 친밀감을 느꼈다.

그건 아마 〈동아일보〉던가, 일간지에 백자에 대한 그 어른의 유별난 사랑과, 눈에 들고 마음에 안겨온 자기를 소장하기까지의 집념과 애로 등 이런저런 일화를 연재하신 적이 있는데, 내가 그 글의 애독자였다는 게 어느 만큼은 작용했을 것이다. 시인이나 소설가의 첫인상은 글에서 느낀 것과 전혀 다른 경우도 더러 있는데 그분은 내가 상상하던 것과 똑같았다. 그분의 글에서 느껴지던 특출한 미의식과 참대처럼 청청하고 의연한 풍모가 그대로 느껴졌다. 그것만 해도 어딘데 그분은 내가 『나목』을 쓴 작가라는 걸 알아보고 반가워하시면서 최대한의 호의를 베풀어주셨다. 내가 그분의 글을 열심히 읽었다는 걸 아시고는 어린애처럼 좋아하시면서 글 속에 나오는 당신의 소장품들을 보여주고 싶어 하셨다. 성질이 급한 분 같았지만 누구에게나 그러실 것 같지는 않아 기쁘게 초대에 응했다. 초대받은 날 합정동 댁으로 방문할 때 큰딸하고 같이 갔다. 혼자 가기 어색하기도 했지만 그때 막 대학에 들어간 딸은 과가 국문과이기도 했고 교과서에 실린 선생님의 시를 좋아하는 문학소녀이기도 했기 때문이다. 그때부터 선생님은 우리 큰딸을 몹시 마음에 들어하셨고 다른 아이들에게도 관심과 애정을 보이시면서 당신 자녀분들 얘기도 흉허물 없이 하셨다. 어떻게 그렇게 쉽게 가족의 속내까지 말할 수 있게 되었는지, 그 어른이나 나나 다 같이 서로 사교적이지 못하다는 걸 알고 있었기에 더욱 친척 같은 친밀감을 느꼈다. 나도 차차 선생님에게 우리 아이들 자랑도 하고 장래에 대한 의논도 드리게 되었다. 선생님은 새로 나온 시집이나 당신이 지극한 애정으로 마음껏 호화롭게 장정한 삼행시 65편이 든 책도 우리 다섯 아이들에게 다 각각 한 권씩 서명을 해주셨고 그 아이들이 좋은 학교에 들어갔다고 하면 그렇게 신통해하실 수가 없었다.

나에게는 내 자식 못지않게 책임감을 느끼고 사랑하는 친정 조카가 있는데 그 아이는 전자공학과를 나오고 그 계통의 전문직을 갖고 있으면서도 문학을 좋아했다. 결혼식 때 제 스승마다하고 존경할 만한 문인의 주례로 식을 올리고 싶다고 나에게 간절히 부탁했다. 나는 친정의 가족사까지 알고 계신 선생님을 제일 먼저 떠올리고 조카의 뜻을 전했더니 흔쾌히 응해주셨을 뿐 아니라 참으로 감동적인 주례사를 해주시어 우리 어머니까지 그분을 오래오래 기억하고 고마워하시게 되었다.

선생님은 골동품을 감식하는 안목뿐 아니라 스스로 서화를 즐기시기를 아마추어의 수준을 뛰어넘은 경지에 도달해 계셨는데 한번은 당신 작품으로 전시회를 하신 적이 있다. 그때도 딸하고 같이 보러 갔는데 그애가 대학을 졸업하고 막 중학교 국어선생이 되어 있을 때였다. 딸은 첫 월급으로 선뜻 동그랗고 아담한 백자 항아리 한쪽 어깨에서 몽실몽실 꽃구름이 피어오르는 그림을 사서 나에게 선물했다. 첫 월급으로 기껏 내

복이나 받으려니 한 나는 뜻밖의 선물에 황홀할밖에 없었고, 선생님은 싸게 주시고도 그렇게 기뻐하실 수가 없었다. 그 후 몇 년을 내 딸이 첫 월급으로 당신 그림을 샀다는 얘기를 여러 사람에게 하고 또 하신 걸로 알고 있다. 그 딸이 시집갈 때는 잘 살라는 뜻이 담긴 글씨를 역시 길한 색이라는 붉은 바탕에 써서 표구까지 해주셨다. 우리 집이 오래 살던 한옥을 떠나 아파트로 이사 갈 때는 남편하고 나에게 각각 부채에 그린 그림과 글씨를 선물로 주셨는데 역시 표구까지 해주셨고 나는 아직까지 뉘 집에서도 그렇게 품위 있게 표구한 부채를 본 적이 없다. 나에게 주신 것은 수선화 그림에 글씨가 들어간 것이고, 남편 것은 신종이라 일컬어지는 종의 명(銘)에서 따온 글이다. 그 두 개의 부채 액자는 그 후 몇 번 이사를 다니고, 남편이 먼저 가고 혼자된 후에도 변함없이 우리 집 안방에 걸려 있는 내가 가장 아끼는 물건이다.

선생님이 합정동을 떠나 이태원에 있는 청화아파트로 이사 가신 후에도 두 번인가 세 번 뵈러 갔는데 그때도 딸애하고 같이 갔었다. 세상이 앞이 안 보이게 답답하고 어지러울 때였다. 셋이 앉아서 한바탕 울분을 터뜨리고 나면 속이 다 후련했다. 내가 선생님 댁에 발길을 끊은 건 아들을 잃고 나서였다. 전화도 안 드리고 안부를 일절 끊고 살았다. 아들을 선생님께 인사

시킨 적은 없지만 그애가 좋은 학교에 들어가고 잘되는 걸 마음으로부터 기뻐하시고 대견해하셨기에 내 입으로 알리기도 싫었고, 딴 데서 전해 들으셨더라도 무슨 말로 위로해야 될지 몰라 절절 매시는 선생님의 모습을 보고 싶지도 않았다. 생전의 선생님을 마지막으로 뵌 건 3년 전 출판기념회 때였다. 초대장을 받고 차마 안 갈 수가 없었다. 여럿이 모여 축하하는 자리라면 그런 인사치레는 안 하고 넘어갈 수도 있는 좋은 기회였다. 그날도 딸을 불러 같이 갔다. 나보다 딸애를 더 보고 싶어 하실 것도 같았고, 차도 얻어 타고 싶어서였다. 그러나 차를 얻어 탄 걸 후회할 만큼 88올림픽고속도로의 정체가 심해 한 시간이나 늦게 식장인 팔레스 호텔에 도착했다.

선생님은 휠체어를 타고 계셨다. 그 펄펄하던 선생님이 휠체어를 타고 계신 것도 슬펐고, 늘 곁에 계시던 점잖고 단아한 사모님이 병환으로 그 자리에 못 나오신 것도 슬펐다. 그동안 너무 많은 세월이 흘렀나 보다. 내 딸의 나이가 내가 선생님을 처음 뵈었을 때 나이가 되었으니. 그래도 선생님은 변함없이 우리 모녀를 반기시면서 집으로 놀러 오라는 소리를 또 하셨다. 나한테 꼭 보여주고 싶은 백자가 있다고, 선생님은 양 손바닥으로 그 백자의 형태와 크기까지 설명을 하려 드셨다. 아아, 선생님은 여전하시구나. 나는 슬며시 슬픔이 가시는 걸 느꼈고 일간 꼭 찾아뵙겠노라고 말씀드렸다. 그러고는 영안실 영정사진으로 선생님을 마지막 뵈었다.

　선생님이 옳지 못한 것, 돼먹지 않은 걸 꾸짖고 혐오하실 때는 망설임이 없으시어 좀 조급하신 줄은 알았지만 어찌 그리도 조급하게 사모님 뒤를 따라가셨는지요. 사모님, 선생님 두 분 다 참말로 부럽습니다. 삼가 두 분의 명복을 빕니다.

이문구 선생을
보내며

선생이 세상 뜨시기 사흘 전이었습니다. 선생의 부음을 들은 것은.

왜 이렇게 말할 수 있는지 내가 생각해도 이상합니다. 사흘 전 막 잠자리에 들려는 시간이었으니까 초저녁은 아니었지만 깊은 밤도 아니었을 겁니다. 나이 들면서 초저녁 잠만 늘어 아홉 시에서 열 시 사이에 잠자리에 들거든요. 그때 초인종이 울렸습니다. 누굴까. 이 오밤중에. 그렇게 생각할 수밖에요. 내가 졸리면 그때가 오밤중인 게 노년의 자유랍니다. 손님은 호영송이었습니다. 호영송은 시인이자 소설가지만 내가 여러 해 동안 그와 가깝게 지낸 건 문우로서라기보다는 친척으로서입니다. 남편 쪽으로 촌수를 헤아리기엔 너무 먼 친척이 되지만 워낙 손을 불리지 못한 성씨의 동성동본인지라 한집안처럼 궂

은일에 서로 의지하고 좋은 일은 나누며 흉허물 없이 지낸 사이입니다. 그렇더라도 전화 연락도 없이 밤중에 찾아올 사람은 아닙니다. 그가 예고 없이 찾아오는 날이 1년에 두 번 있는데 양력으로 정월 초하룻날과 추석날입니다. 그것도 궁둥이가 무거운 명절 손님까지 다 돌아간 후인 밤 시간에 나타나기 때문에 그가 다녀가기 전엔 명절이 마무리된 것 같지 않아 기다려지곤 하는 분이었습니다. 아무 날도 아닌 평상시에 불쑥 찾아온 그가 너무 우울해 보여 뭔가 안 좋은 일이 있다는 예감이 들었습니다. 그날 그를 통해 선생이 위중한 걸 알게 됐습니다. 호영송도 선생이 마지막으로 보고 싶어 한 사람 중에 하나였습니다. 선생이 그에게 간곡히 당부한 내용도 나중에 신문지상이나 사람들의 입을 통해 알려진 대로입니다. 호영송을 통해 들은 선생의 명징하고도 단호한 정신상태와 보조기구 없이 숨을 제대로 쉴 수 없는 전신의 쇠약상태로 미루어 임종이 얼마 안 남았다는 걸 직감했습니다. 얼마나 허전하고 쓸쓸하면 나를 찾아왔을까 싶게 호영송은 온몸으로 추워하고 있었습니다. 그가 힘들 때 선생이 소리 소문 없이, 생색내는 바도 없이 얼마나 적절한 도움을 주었는지 알고 있기 때문에 그의 상실감을 이해하고도 남았습니다. 나도 내 나름으로 선생의 소설을 좋아했고, 아무하고도 비길 수 없는 이 시대의 큰 인품을 흠모하고 있었기 때문에 호영송의 쓸쓸함은 곧 나한테로 옮아 붙었습니다. 우리는 안주도 없이 독한 술을 권커니 잣거니 서로의 쓸쓸함을 달랬습니다. 그러고는 다음 날도 그다음 날도 선생의 부고가 났으면 어쩌나 떨리는 마음으로 조간신문을 펴들곤 했지요.

선생이 임종하셨다는 걸 제일 먼저 알려준 건 신문이 아니라 『현대문학』의 양숙진 사장이었습니다. 문상을 같이 가는 차중에서 양 사장이 선생의 추모특집에 대해 얼핏 내비친 건 잡지쟁이다운 직업의식이었으련만 나는 또 왜 거기 끼어들었는지요. 나도 한 꼭지 쓰겠다고 자청을 한 겁니다. 그러나 문인장이 열리던 날 생전의 선생과 가까이 지낸 문인들의 절절한 조사와 조시를 들으면서 비로소 나는 평소 선생과 자별한 교분이 전혀 없었다는 데 생각이 미쳤습니다. 오다가다 우연히 만나 단둘이 차 한 잔을 나눌 만한 사건도 없었습니다. 심사를 같이 하게 됐다거나 수상식장 같은 데서 만나지는 일도 극히 드물었고 만나도 의례적인 알은체 이상의 교분을 틀 기회는 없었습니다. 그럼에도 불구하고 왜 그렇게 가깝게 느껴졌을까요. 내가 문단에 나온 건 30여 년 전 『여성동아』를 통해서였습니다. 그때까지 책벌레 소리는 더러 들었어도 문단이라는 데가 어디 있는 단인지 아는 것도, 연줄도 없었습니다. 내가 알고 있는 단

하나의 문인 친구가 내 등단을 축하해주면서도 본격문학을 하려면 문예지를 통해 나왔으면 좋았을걸, 하고 아쉬워하는 소리를 듣고는 문예지에서 나에게 원고 청탁을 해주기를 학수고대 기다리게 됐습니다. 기다려도 기다려도 안 오던 문예지 원고 청탁을 등단한 지 거의 2년 만에 『월간문학』으로부터 처음 받는데 청탁을 해준 편집자가 이문구였습니다. 문단에서 나를 알아주는 이가 있다는 게 그렇게 기쁠 수가 없었습니다. 그 후부터는 딴 지면에서 이문구란 이름만 봐도 가슴이 따뜻해지곤 했습니다. 사고무친한 데서 구인을 만난 것처럼 든든하기도 했고요. 그러나 서로 인사를 나눈 것은 그 후 몇 년 후일 겁니다. 문단을 어려워하는 소심증 때문에 잡지사나 신문사에 원고를 직접 들고 가는 일을 거의 해보지 못했으니까요. 지금처럼 팩스나 이메일이 있는 때가 아니니까 원고 심부름은 주로 큰딸이 해주었습니다. 최초로 나를 알아준 이가 나하고 비슷한 비통한 가족사를 가졌다는 걸 전지전청으로 알게 된 것은 그보다도 더 나중이었습니다. 세상에, 열 살에 그런 일을 겪다니, 나도 모르게 내 가슴을 움켜질 만큼 그 사실은 전율스러웠습니다. 이렇듯 내가 선생에게 느낀 각별한 친밀감은 살아남은 자의 슬픔을 같이한다는 데서 비롯됐으리라 여겨집니다. 실은 친밀감보다는 경외감 쪽이 더한지도 모르겠습니다. 열 살에 그런 일을 겪은 이가 어떻게 당신처럼 하해와 같은 도량을 가진 인격으로 자랄 수가 있단 말입니까. 그게 만약 문학의 힘이었다면 지금이라도 문학 앞에 무릎을 꿇고 싶습니다. 그게 문학의 힘이었다면 문학은 아직도 내가 도달하지 못한, 아무나 근접하기를 거부하는 금단의 영역의 그 무엇일 겁니다. 나는 내 내면이 얼마나 남루한지 압니다. 당신이 겪은 것과 비슷한 일을 당한 게 스무 살 적이었는데도 그때 찢어진 자리를 아직도 봉합하지 못했고, 내 이지러지고 남루한 인품을 온통 거기다 핑계 대며 살아왔습니다.

선생이 동인문학상 탔을 때가 생각납니다. 전화를 주셨지요. 나도 몇 번인가 상을 받아봤지만 내가 상을 받았을 때 심사위원한테 전화 건 일이 없기 때문에 내가 심사위원이 됐을 때 수상자가 인사 전화를 안 하는 것도 당연하게 여겼습니다. 그런데 선생의 전화는 어찌나 고마웠는지요. 아마 위로받고 싶었나 봐요. 서로. 좋은 일에 축하가 아니라 위로라니, 그 속내를 선생은 아시겠지요. 아주 짧은 통화였습니다. 선생은 상 받게 되어 고맙다고 했고 나는 기쁘게 받아줘서 고맙다고 했던가요. 그뿐이었지만 그간 서로 견디어온 것을 비긴 것처럼 개운해졌습니다. 친구끼리 애인끼리 혹은 부모 자식 간에 헤어지기 전 잠시 멈칫대며 옷깃이나 등의 먼지를 털어주는 척하는 일이 중요한 것은 먼지가 정말 털려서가 아니라 아무렇지도 않은 듯한 손길에 온기나 부드러움, 사랑하는 이의 뒷모습까지 아름답기를 바라는 착한 마음을 실을 수 있기 때문이 아닐런지요.

선생의 장례가 문인장으로 치러지던 날 아침은 왜 그렇게 추웠는지요. 나의 체감온도로 올겨울 들어 가장 추운 날처럼 느껴졌던 건 문단이라는 데가 꽤 괜찮은 데로구나 느끼게 해준 이문구라는 삑, 그 큰 외투자락을 영영 잃은 시림 때문이었을 겁니다. 선생을 애도하는 조사는 절절하고도 장장했습니다. 한결같이 선생의 대인다운 금도(襟度)를 흠모했습니다. 선생은 유족에게뿐 아니라 마지막으로 만난 여러 문우들한테까지도 화장하여 납골당도 만들지 말고 가루로 만들어 고향에 뿌려달라고 하셨다지요. 그 유언에 깊이 공감하면서 선생만의 너그러움, 늠름함, 겸손함과 당당함의 조화는 도저한 허무주의의 드러남이었을지도 모른다는 생각이 문득 들었습니다. '주의' 자 붙는 건 신물이 나지만 아무도 박수 치고 열광하거나 목숨 걸지 않아도 되는 주의도 이 세상에 있다는 게 잠시 위로가 되더군요. 당신의 영혼이 누릴 무한한 자유를 부러워하는 마음으로 당신을 잃은 슬픔을 달래겠습니다. 부디 편히 자유의 나라로 드소서.

딸에게
보내는 편지

어젠 집에 잘 들어갔느냐. 네 운전경력이 20년 가까운데도 나는 네가 차를 몰고 다니는 게 늘 불안하다. 특히 친정에 왔다 갈 때면 운전 조심하라고 타이르고 나서도 집에 도착할 시간까지 내내 기도하는 심정이 되곤 한다. 우리 집에서 너희 집까지는 서울의 끝에서 끝 아니냐? 밀릴 때는 엄청 밀리고, 안 밀릴 때는 속도가 무시무시한 그 기나긴 강변북로를 생각하면 나는 지레 아찔하고 차라리 네가 친정에 자주 오지 말기를 바라게 된다. 말로는 그러면서도 일주일에 서너 번은 만나는 게 습관이 되어, 네가 오면 시킬 일, 부탁할 일, 의논할 말을 늘 마음속에 준비하고 있으니 딱한 어미로구나. 너는 맏이라 어른들의 귀여움을 가장 많이 받았고, 나나 너희 아빠도 우리만 딸 가진 것처럼 너를 위해 받들어 키웠으니 응석받이로 자랄 수도 있었으련만 너는 천성이 늠름하여 걱정 끼칠 일이라고는 안 하고 잘 자라주었다. 내가 다산 체질이어서 네 밑으로 동생이 넷이나 더 생기면서 너는 더욱 내 딸이라기보다는 믿음직한 동반자가 되어갔다. 그때만 해도 할머니도 계시고 애 보는 소녀도 두고 살았으니까 너한테 동생을 업어주라든가 기저귀 심부름 따위 궂은일은 안 시켰지만 매사에 동생들의 모범이 되기를 바랐으니 어린 너에게는 버거운 주문이었을 거라고 생각한다. 한글을 깨치자마자 동생들 동화책 읽어주는 일부터 시작해서 학교 가서는 공부 잘하기, 좋은 상급학교 가기를, 다 너 잘되기보다는 동생들이 본뜨고 뒤따를 테니까 잘해야 된다는 식으로 가르쳤으니 어려서부터 나는 너에게 너무 큰 짐을 지워왔구나. 심지어는 남자친구 사귀고 결혼해서 가정을 꾸리는 일까지 동생들의 모범이 되기를 강조했고 넌 한 번도 내 기대에 어긋난 적이 없지만 요새는 때때로 생각하곤 한단다. 너를 좀 더 자유롭게 키워 가족의 테두리 밖으로 밀어냈더라면 넓은 세상에서 한가닥 할 수도 있었을 것을 기껏 동기간의 가정에 좋은 본을 보이기 위한 모범 주부로 머물게 한 게 아닌가하고.

어려서부터 너에게 시켜 버릇한 건 모범생 노릇 말고 또 하나 있지. 온갖 어려운 심부름은 다 네 몫이었다. 지금 생각하면 어떻게 초등학교 다니는 아이에게 그런 심부름을 시켰을까 잘 믿어지지 않을 심부름을 나는 너에게 시켰었다. 너도 생각날 거다. 아빠가 시내 중심가에서 사업할 때는 지금처럼 온라인 송금 같은 건 없을 때였다. 급하게 현금이 필요하다고 집으로 전화가 오면 너에게 현금이나 수표를 들려서 내보내곤 했다. 학교 갔다 온 어린것에게 전차를 갈아타고 가야 하는 먼 거리를 어떻게 큰돈을 들려 보낼 수가 있었는지 지금 생각하면 아찔하지만 그때는 조마조마하는 마음조차 없이 믿거니 하고 예사롭게 너에게 그런 일을 시켰다. 너는 나에게 그렇게 믿음직한 맏딸이었다.

엄마가 늦은 나이에 소설가로 등단을 하게 된 건 네가 고등학교 가고 나서였다. 초등학교 때 현금 나르는 일을 시킬 만큼 너를 어른 취급해왔으니까 중학교 가고부터는 집안의 대소사나 근심거리를 마치 동서끼리나 친구 사이처럼 기탄없이 의논해왔다. 그러나 소설 쓰는 것만큼은 너에게도 눈치 못 채도록 감쪽같이 해치웠지. 좀 황당했을지도 모르는 엄마의 변신을 네가 앞장서서 환영하고 격려해준 것을 지금도 고맙게 생각한다. 엄마가 전업주부가 아니게 된 후에는 세상도 많이 변해서 중산층 가정에서 가정부를 부릴 수 없게 되었고 할머니도 노망이 나시어 살림을 도와주실 수 없게 되었다. 그때 너는 동생들과 의논해서 적절히 가사노동을 분담해주었고 엄마가 신문과 잡지에 연재를 동시에 할 적에는 급하게 몰릴 때마다 엄마가 교외의 작은 호텔에 가서 원고를 쓸 수 있게 도와주었다. 엄마가 수유리에 있는 아카데미하우스에서 밀린 원고를 쓰고 있을 때 네가 아빠와 함께 김밥을 싸가지고 와서 계곡에서 같이 까먹던 때를 지금도 엄마의 생애에서 가장 행복하고 충족됐던 때로 추억하곤 한다.

엄마가 왕성하게 활동하던 7, 80년대에는 웬만한 집엔 다 전화가 있을 때라 원고 청탁받는 건 편해졌지만, 아직 손으로 원고를 쓸 때였고, 다 된 원고를 보내는 일도 사람 손을 거쳐야만 했다. 엄마는 40세란 늦은 나이에 등단했다는 데 그다지 열등감을 가져본 적은 없지만 신문사나 출판사 같은 데 가는 걸 몹시 수줍어해서 어떡하든지 기피하려고 했다. 엄마의 이런 사회성 부족을 네가 도와주지 않았더라면 지금 정도의 작가도 되기 힘들었을지도 모르겠다. 원고 심부름이 네 전담이 되었다. 이제 연로하여 원로가 된 언론인 중에는 흰 깃을 단 교복을 입고 신문사 편집국으로 연재소설 원고를 나르던 너를 기억하고 안부를 묻는 분이 더러 있단다. 등교할 때 원고를 주어 보내면 하교할 때 전하고 왔는데 그동안을 엄마는 얼마나 불안해했는지, 전차나 버스 간에 놓고 내릴까봐, 또는 학교에서 행여 누가 장난삼아 감추거나 훔쳐볼까봐, 온갖 망상으로 조마조마했다. 어린것한테 큰돈 심부름을 시키고도 천하태평이던 엄마가 원고에 대해서는 왜 그렇게 전전긍긍했는지. 그래도 동생들 제쳐놓고 원고 심부름만은 꼭 너한테 시켰던 것은 너도 나만큼 원고를 소중히 여겨줄 것 같은 믿음 때문이었다.

네가 시집가서 원고 심부름을 전처럼 만만하게 시킬 수 없게 되자 팩스라는 편리한 전송수단이 생기고 지금은 더 편리한 인터넷을 쓰고 있지만, 엄마가 늦은 나이임에도 불구하고 이런 편리한 기계에 빨리 익숙해진 것도 너 대신 나의 사회성 부족을 메워줄 대안이 필요했기 때문이었을 것이다. 그렇지만 집안 대소사를 의논하고 걱정거리를 털어놓는 일은 기계가 대신해줄 수 없을 뿐 아니라 딴 누구도, 네 동생들도, 나의 친한 친구도 너만큼 해줄 수는 없단다. 근심이 생겨 너한테 털어놓을 말을 머릿속으로 굴리기만 해도 근심의 반은 사라지고, 미운 사람 욕을 너한테 하고 나면 미움은 거의 사라지고 만다. 도저히 인력으로는 해결 안 되는 어려움이 생겼을 때는 너한테 기도 좀 해달라는 부탁까지 하니 나는 얼마나 한심하고 뻔뻔스러운 엄마냐. 그러나 이해해다오. 내 기도발보다는 네 기도발을 더 믿는 것은 모성애보다 더 깊은, 네 진국스러운 인간성에 대한 신뢰감이라는 것을. 너는 딸이요 친구인 동시에 근래

에는 내 문학의 적절하고 따뜻한 비평가 노릇까지 겸해주었
다. 늘 뭔가를 시키고 부탁만 해서 미안하지만 한 가지만 더 하
겠다. 만약 엄마가 더 늙어 살짝 노망이 든 후에도 알량한 명예
욕을 버리지 못하고 괴발개발 되지 않은 글을 쓰고 싶어 한다
면 그건 사회적인 노망이 될 테니 그 지경까지 가지 않도록 미
리 네가 모질게 제재해주기를 바란다. 엄마가 말년을 깔끔하
게 정리할 수 있도록 도와다오.

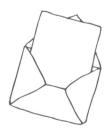

작가의
말

산문집 『두부』를 낸 지 5년밖에 안 됐는데 또 이렇게 그 후에 쓴 것들을 모아 한 권의 책으로 묶게 되었다. 거의가 다 일흔이 넘어 쓴 글들이다. 고령화사회에 대한 우려가 공포 분위기를 방불케 하는 요즈음 이 나이까지 건재하다는 것도 눈치 보이는 일인데 책까지 내게 되어 송구스럽다. 하지만 이 나이 이거 거저먹은 나이 아니다.

돌이켜보니 김매듯이 살아왔다. 때로는 호미자루 내던지고 싶을 때도 있었지만 후비적후비적 김매기를 멈추지 않았다. 그 결과 거둔 게 아무리 보잘것없다고 해도 늘 내 안팎에는 김맬 터전이 있어왔다는 걸 큰 복으로 알고 있다.

내 나이에 '6'자가 들어 있을 때까지만 해도 촌철살인(寸鐵殺人)의 언어를 꿈꿨지만 요즈음 들어 나도 모르게 어질고 따뜻하고 위안이 되는 글을 소망하게 되었다. 아마도 삶을 무사히 다해간다는 안도감―나잇값 때문일 것이다.

날마다 나에게 가슴 울렁거리는 경탄과 기쁨을 자아내게 하는 자연의 질서와 그 안에 깃든 사소한 것들에 대한 애정과 감사를 읽는 이들과 함께 나눌 수 있으면 더 바랄 게 없겠다.

이 책을 위해 채근하고 기다려준 열림원 여러분에게도 고마운 마음을 전한다.

2007년 1월 박완서

호미

초판 1쇄 발행 2007년 1월 29일
 2판 1쇄 발행 2014년 9월 30일

3판 1쇄 발행 2022년 5월 13일
3판 2쇄 발행 2023년 5월 26일

지은이 박완서

펴낸이 정중모
펴낸곳 도서출판 열림원

출판등록 1980년 5월 19일(제406-2000-000204호)
주소 경기도 파주시 회동길 152
전화 031-955-0700
팩스 031-955-0661
이메일 editor@yolimwon.com
홈페이지 www.yolimwon.com

트위터 @yolimwon
페이스북 /yolimwon
인스타그램 @yolimwon

주간 김현정
편집 조혜영 황우정 이서영 김민지
디자인 강희철

제작 관리 윤준수 이원희 고은정 구지영
마케팅 홍보 김선규 최가인 온라인사업 서명희
표지 및 본문 디자인 오필민

© 박완서, 2022

ISBN 979-11-7040-092-9 03810